JN065564

てらいんくの評論

蔵原伸二郎評伝

新興芸術派から詩人への道

竹長吉正

①

②

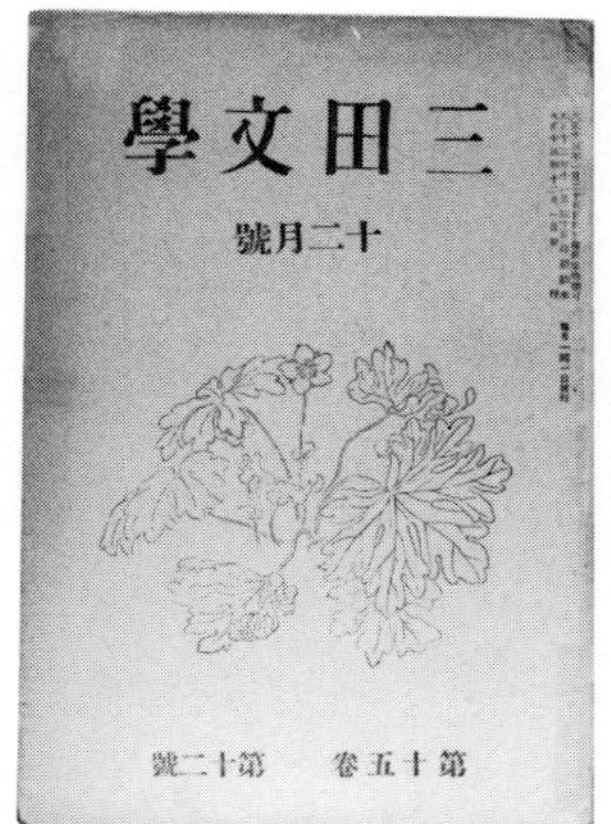

③

④

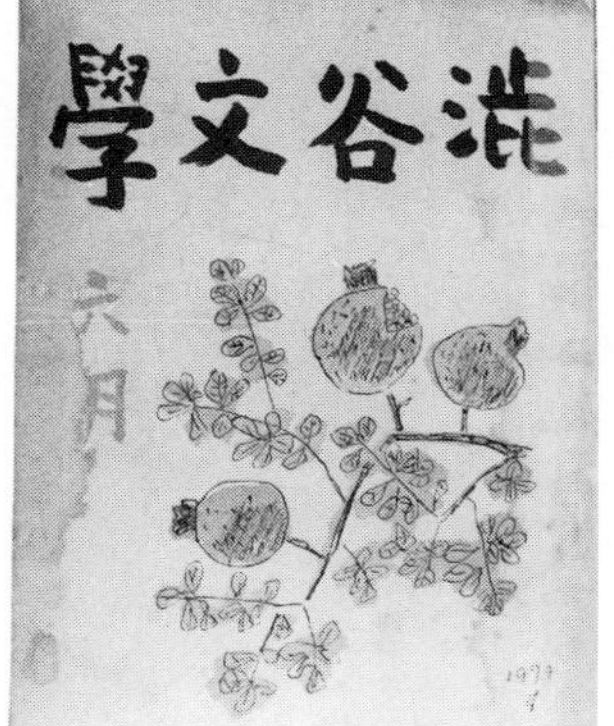

＊口絵の解説は本文の巻末271～273ページにあります。

⑤

日本談義
十一月號
熊本・日本談義社

⑥

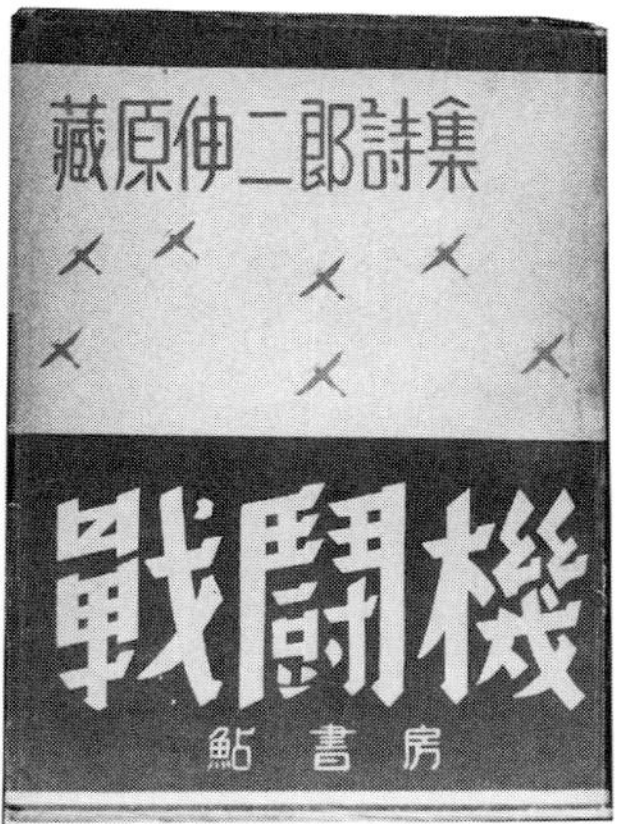
藏原伸二郎詩集
戰鬪機
鮎書房

⑦

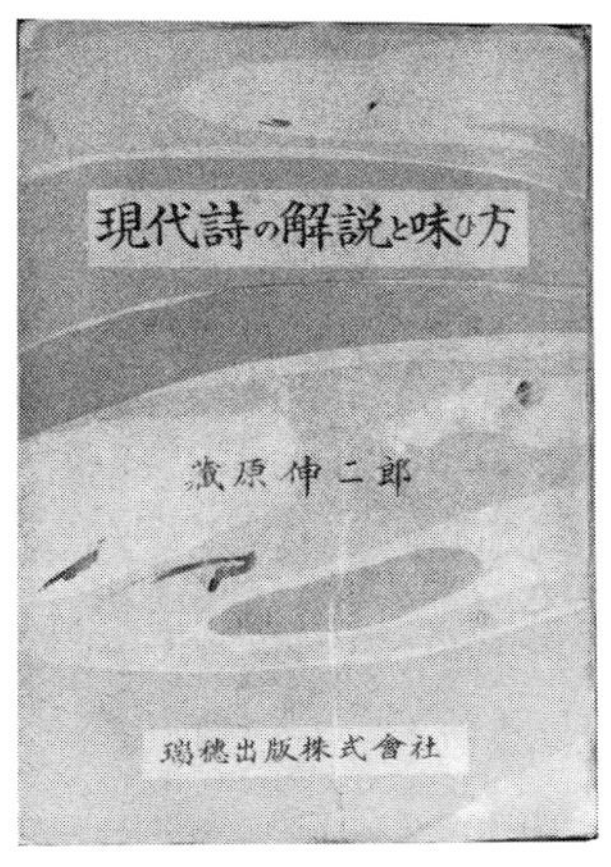
現代詩の解説と味ひ方
藏原伸二郎
瑞穂出版株式會社

⑧

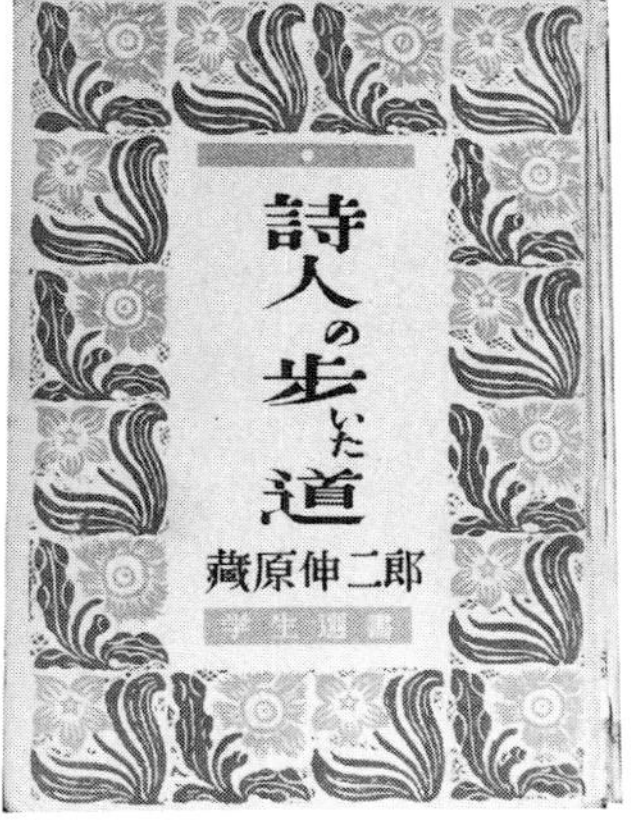
詩人の歩いた道
藏原伸二郎
學生選書

⑩　⑨

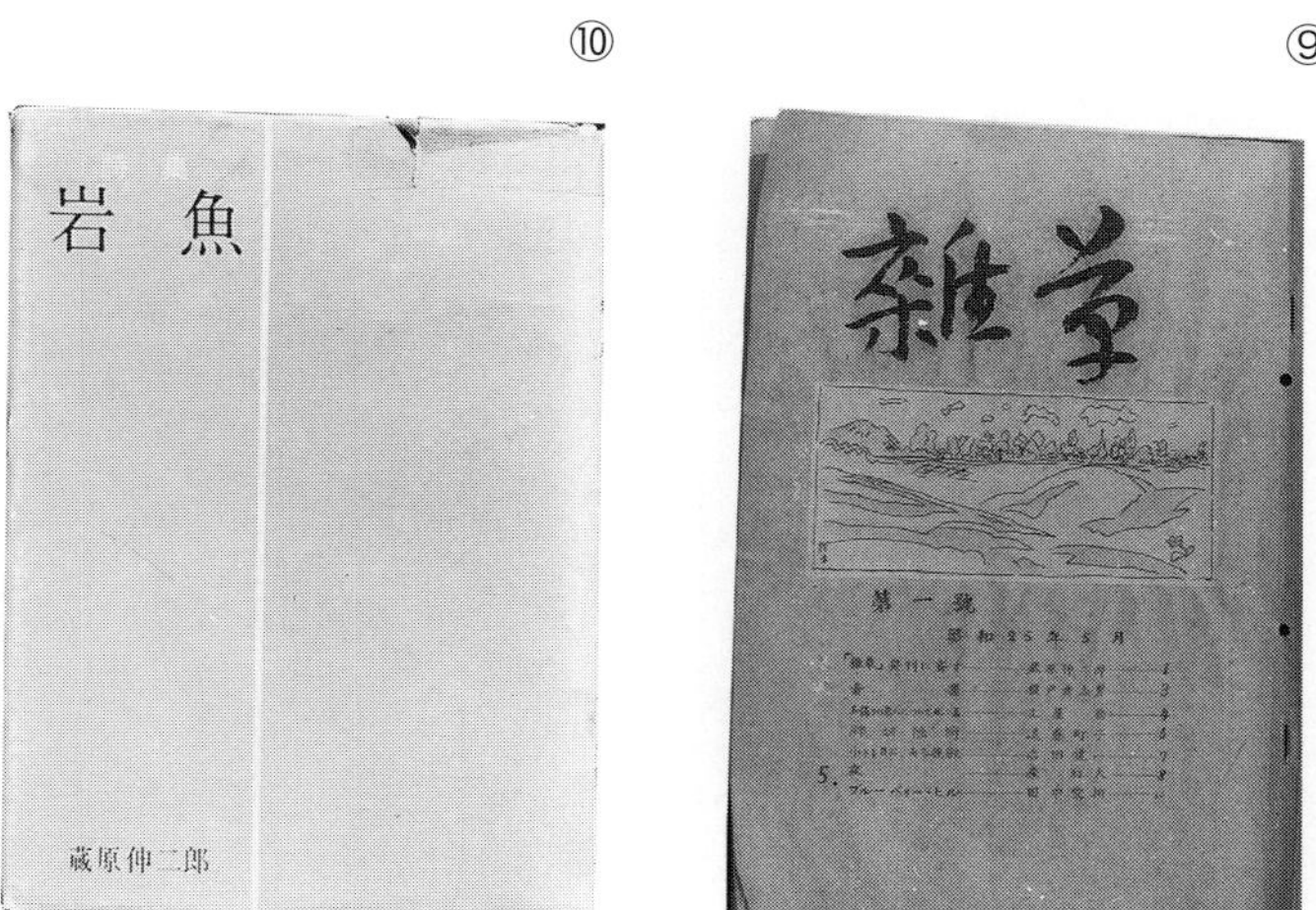
岩魚
蔵原伸二郎
雑草
第一號
昭和25年5月

⑪

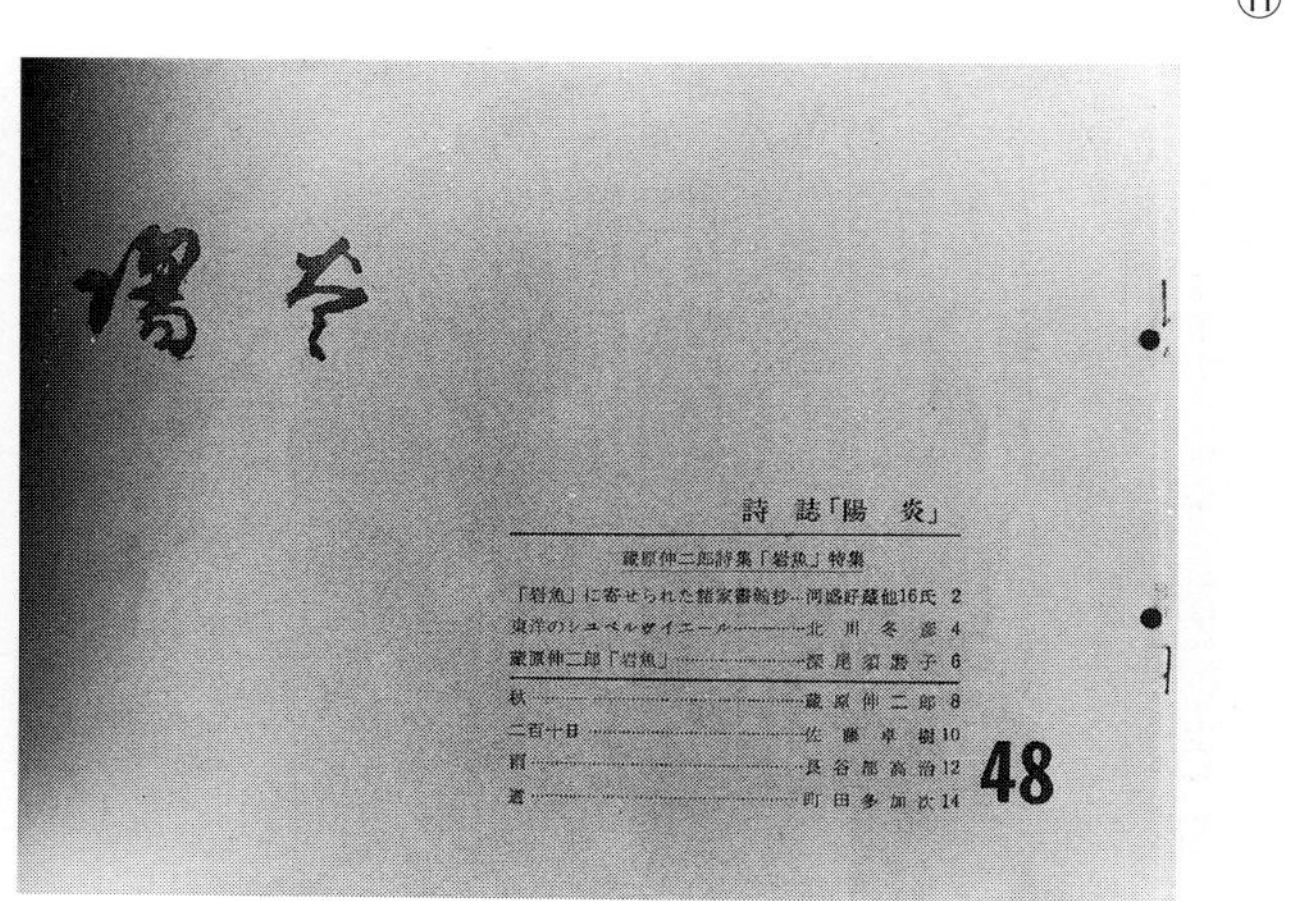
陽炎
詩誌「陽　炎」
蔵原伸二郎詩集「岩魚」特集
「岩魚」に寄せられた諸家書翰抄…河盛好蔵他16氏 2
東洋のシュペルヴィエール……北川冬彦 4
蔵原伸二郎「岩魚」……深尾須磨子 6
秋……蔵原伸二郎 8
二百十日……佐藤卓樹 10
霜……長谷部高治 12
道……町田多加次 14
48

⑬

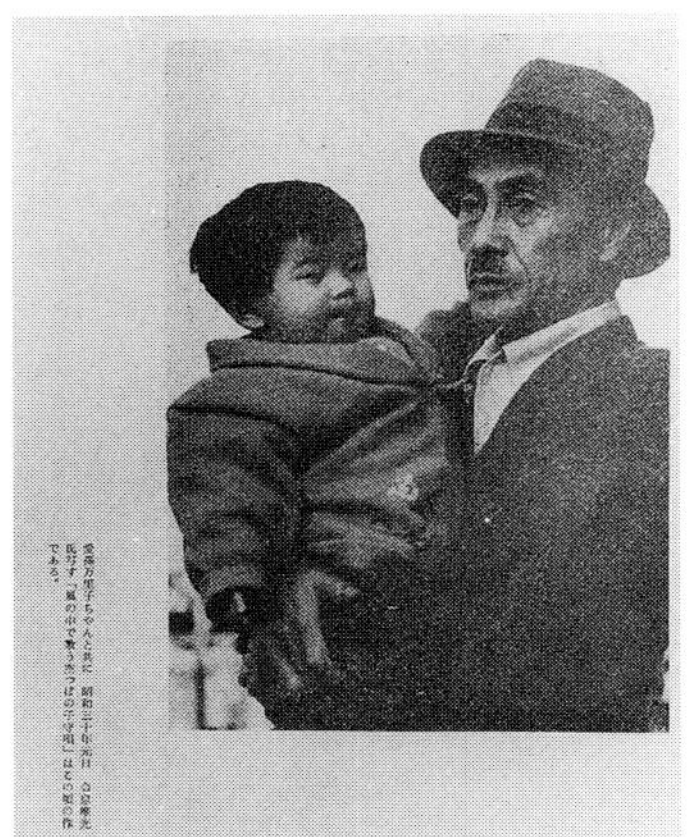

⑫

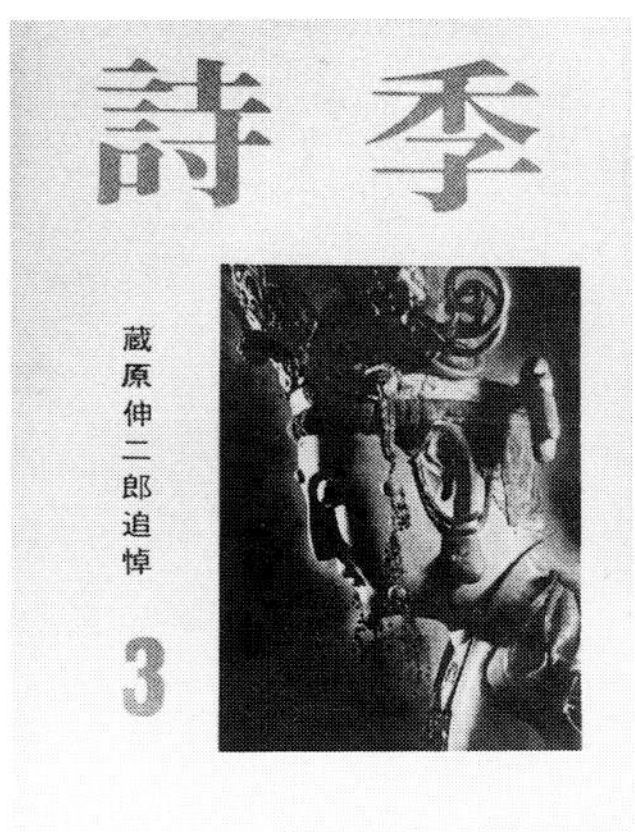

⑭

蔵原伸二郎評伝

——新興芸術派から詩人への道

目次

第一章　熊本阿蘇での生い育ち　5
第二章　東京で暮らす　22
第三章　詩の初投稿　31
第四章　小説家への夢開いて　――『葡萄園』時代――　41
第五章　小説と詩、どちらも好む　――『葡萄園』からの出発――　62
・大正末期から昭和初期にかけての詩壇の状況
・詩誌『亞』と詩誌『赤と黒』、北川冬彦と岡本潤

・井伏鱒二との交友——実の兄貴のようだった
・散文詩から小説へ

第六章　小説の習作——『三田文学』等で発表——　89

第七章　昭和初期の小説家デビュー　『猫のゐる風景』出版　103

第八章　詩人の覚醒——昭和初期から戦中へ——　135

第九章　戦中から戦後へ——埼玉へ移住——　165

第十章　詩業の到達点——詩集『岩魚』——　203

あとがき　238

【資料篇】

・蔵原伸二郎年譜　243
・雑誌『葡萄園』初期細目と解説　252
・主要参考文献　267
・写真解説　271
・著者の論考初出一覧　274

第一章　熊本阿蘇での生い育ち

1

明治三十二年（一八九九）という年はいったい、どのような時代であったのだろう。歴史書を紐解いてみたら当時の日本は意外に、貧しく大変な時代であった。この年の四月、横山源之助の著書『日本之下層社会』（教文館　明治三十二年四月三十日）が刊行された。日本の資本主義がどうにか形を成して芽を吹き出した明治三十年前後の労働者の状況をつぶさにレポートしている。

それによると、東京市は全十五区で戸数は二十九万八千で人口は百三十六万余り。その十分の一ほどの家は中流以上であるが、大多数は「生活に如意ならざる下層の階級に属す」とある。また、「細民の最も多く住居する地」を挙げると、本所と深川の両区だという。そして、著者の横山は次のように記している。

特に本所区は工業なき東京市にして最も工場多き土地なるが故に、恰も大阪市に於て見ると等しく工場労働者たる細民を見ること多きは最も注目するに足るべし。欧米諸国の細民は概ね工場労働者なり、後日東京市に於て細民の叫びなる労働問題起ることあらば、今日索漠たる本所区より生ぜん。（後略）

このような時代状況の中、一方でこんなことも起った。それは同じ年の六月二十日、最初の日本製映画が公開されたことである。柴田常吉、浅野四郎らが撮影した「日本率先活動大写真」が駒田好洋の説明で公開された。東京の歌舞伎座で七月五日まで上映された。それは芸者の踊りを撮影したものである。また、同年九月、柴田常吉が撮影した映画「ピストル強盗清水定吉」が赤坂演技場で上映された。これは当時、世間を騒がした稲妻強盗清水定吉を捕まえるという際物的な映画である。

なお、もう一つ加えておく。この年の七月、東京音楽学校で卒業音楽会があり幸田露伴の妹の幸が卒業する。彼女は卒業後すぐに、オーストリアに留学する。バイオリンと唱歌研究のため、三ヵ年。彼女はバイオリンの名手ヨアヒムに師事した。

蔵原伸二郎は明治三十二年（一八九九）九月四日、熊本県阿蘇郡黒川村七九五（現、阿蘇町）に、父惟暁、母いくの三男として生まれた。本名は惟賢（これかた）。

父惟暁は安政四年（一八五七）五月十五日、母いくは文久二年（一八六二）十一月十八日生まれ。

蔵原家は阿蘇氏の一族であり、阿蘇神社の直系にあたる。母いくは北里柴三郎（細菌学者）の妹であり、明治二十一年（一八八八）十一月、惟暁と結婚した。

父惟暁については『埼玉新聞』のインタビュー記事「〈現代の百人〉蔵原伸二郎」（一九六四年四月二十四日）によると、父惟暁の名前の読み方は二通りあるが、「これとし」と読むのが通常であると述べている。

伸二郎の本名は惟賢（これかた）であるが、自分の本名が四角ばっていやだったと本人が述べている。また、伯父北里柴三郎の名にあやかってペンネームを伸二郎にしたと述べている。

母の名は、いくである。阿蘇郡小国（おぐに）出身の世界的に有名な細菌学者北里柴三郎の妹である。

ところで、蔵原の家系は阿蘇神社の直系にあたり、昔、肥後の国では阿蘇・大宮司・蔵原の三家はそれぞれ国を三分割して支配する力を持っていた。徳川家が支配する江戸時代に入ってからも、統治者である細川侯は、この三家を厚遇した。時代はやがて明治に移り、廃藩置県（明治四年・一八七一年）の後、阿蘇と大宮司は爵位を得て華族となった。だが蔵原家は野に下り、地主となった。所領二千町歩で、熊本県きっての大地主であった。

伸二郎（本名、惟賢）の父惟暁は、地主の二代目である。慶応義塾に学び、福沢諭吉の薫陶を受けた。日本古来の武士道は言うまでもなく、さらにイギリス紳士に似た優雅さを身に付けていた。伸二郎はこの父によって教育され、大きな影響を受けた。父の口癖は「人間には基礎基本の教養が必要」というものであり、彼は英国紳士流に程よく教育された。

しかし、父が言う「基礎基本の教養」とは意外に英国風でなかった。それは漢学であった。伸二郎は父の教えに従い、屈原、陶潜、李太白、杜甫、詩経などを学んだ。中学を卒業するまでこれらの漢文漢詩に親しみ、それらのほとんどを習得した。伸二郎が後に文人として活躍する基礎がこうして作られた。

また、父は書画を愛好した。ある時、伸二郎は父に連れられ町の骨董屋に出かけた。そこで見たのは、古い中国の山水画であった。その絵に描かれた実際の風景は見たことはない。しかし、その絵に描かれた山や川の景色が彼の心を感動させた。特に牧谿（もっけい）という画家の水墨画が伸二郎を驚かせた。彼はそれを見て、身震いするほどの烈しい感動をおぼえた。

牧谿は十三世紀、中国南宋の画家である。夕日の光り、山々の遠近の姿など微妙なところに作者の自由と主観が投影されている。北川桃雄はその著『日本美の探求』（法政大学出版局一九六七年一月）所収「南画の山水」で、日本の山水画家に大きな影響を与えた牧谿の作品を

「写実と写意の渾然(こんぜん)ととけあった水墨の名作」と讃えている。

仲二郎は後年、古い陶器や山水画の趣味に没頭するが、その素地が小学生高学年から中学生初期に作られたと判断する。

仲二郎は母のことについてはあまり述べていないが、父のことについては多くのことを述べている。父の趣味や考えを多く引き継いだ形で彼の存在がある。幼少年時代の仲二郎は父から多くの影響を受けた。

母の妹に終子(しゅうこ)がいる。終子はやはり、姉のいくと同じように、蔵原家のものと結婚した。惟暁の弟惟郭(これひろ)である。評論家蔵原惟人(これひと)は惟郭の次男である。蔵原惟人は仲二郎より二年三ヶ月年少の一九〇二年（明治三十五）一月生まれである。彼はマルクス-レーニン主義の評論家として活躍する。

2

仲二郎は自分の家系が阿蘇神社の直系であることに誇りを持っていた。のちに起った太平洋戦争の最中、保田与重郎が土佐に行って樹齢三千年の杉の木を拝んできたと仲二郎に話した。

すると伸二郎は「その神木の美しさというか、貴さというか、一つの超自然的な霊威感を味わいたい」と夢中になった。このことは伸二郎の随筆「御神木」（『文芸春秋』一九四三年四月号）に記されている。

彼は幼時の思い出を次のように記している。

幼時の記憶は三つしかのこっていない。ある時、大噴火があって巨大な火柱が夜天の奥までつっ立ち、今にも家が燃えるかと思うほど赤くなったのをおぼえている。それから土蔵の窓から白蛇が出てきたこと、もう一つは四、五羽の鶴が屋根すれすれに飛んでいった景色であった。

今でも時々思うのだが、この三つの記憶が僕を詩人というものに仕立てあげたような気がしてならないのである。はげしいものに感動し、不思議なものにおどろき、美しいものの行方(ゆくえ)を探す心は、そのときすでに僕の心の奥深くに植え付けられてしまったらしい。今でもこの三つの記憶を宇宙の中に探し求めて彷徨しているのだろう。要するに人間の実存とは死ぬまで彷徨することそれ自体にほかならない。（後略）

これは創元文庫版『日本詩人全集　第八巻』（一九五三年五月）所収の「自伝」に記された文

章である。

この自伝は短文であるが、伸二郎の詩人形成について考えるうえで示唆深いものを含んでいる。彼の詩人となるきっかけが大噴火の火、土蔵の窓から出てきた白蛇、そして屋根すれすれに飛んでいった鶴、この三つの感動にあったことは大いに注目すべきである。幼時におけるこの体験は詩人となるきっかけと決めたいところだが、単に詩人と限定せず、小説などを含む文学者となるうえでの感動体験ととらえておいた方が妥当である。

ただ一つ補足しておきたいことがある。それは伸二郎は熊本の生まれであるが、原っぱという平野の生まれでなく、阿蘇の山の中で育ったという点である。このことに関して伸二郎と同じ熊本生まれである緒方昇の書いた随筆「愁いの淵の『岩魚』」（『地球』第四十一号　一九七一年六月）が参考になる。それによると伸二郎の在所は、緒方の生まれた肥後平野の原っぱと異なり、大噴火の炎が間近で空中に舞う阿蘇の山の中であったということである。伸二郎は幼時を阿蘇の山中で過ごし大噴火の烈しさに何度も心を奪われた。その体験が後の文学者形成に深く関与したのである。

だが彼は長い間、阿蘇の山中にとどまっていたわけではない。一九〇六年（明治三十九）三月、父惟暁は一家をあげて熊本市内の薬園町（久本寺裏）に移った。そこは阿蘇のような山中ではない。肥後平野の原っぱであった。伸二郎はそこで同年四月、熊本師範（現在、熊本大学教育学部）の附属小学校に入学した。この一家をあげての移住は、父が伸二郎のみならず、すべての子どもの教育を考慮してのものであった。

伸二郎の小学校時代のことについては詳しい文献がない。ただこの時代の状況は日露戦争後であり、戦争に勝利したにもかかわらず、予想された繁栄は起こらなかった。国民の生活は町も村も貧しかった。そして、社会主義の盛り上りがあり、それに関連した政党の結成も生じた。しかし、そうした政治運動の取り締まりが強化され、大逆事件の発生（一九一〇年・明治四十三）等があった。また、文壇では島崎藤村の『破戒』や夏目漱石の『坊っちゃん』が発表され、雑誌『白樺』が創刊された。これらが伸二郎の小学校時代のおおよその出来事である。

そして、それまで尋常小学校の制度が四年で終了であったのが、一九〇七年（明治四十）の小学校令改正で義務教育六年となった。伸二郎は一九一二年（明治四十五）三月、熊本師範附属小学校を卒業し、同年四月、熊本市内のミッションスクール九州学院中学校に入学した。

3

伸二郎は九州学院に在学中、山村暮鳥の詩集『聖三稜玻璃（せいさんりょうはり）』（にんぎょ詩社　一九一五年・大正四年十二月）を手にして驚いた。そこにはこんな珍しい詩が入っていた。

あらし
あらし
しだれやなぎに光あれ
あかんぼの
へその芽
水銀歇私的利亜（ヒステリア）
はるきたり
あしうらぞ
あらしをまろめ
愛のさもわるに
烏龍茶（ウーロン）をかなしましむるか
あらしは
天に蹴上げられ。

これは「だんす」と題する詩である。また、このような詩もある。

つりばりぞそらよりたれつ
まぼろしのこがねのうをら
さみしさに
さみしさに
そのはりをのみ。

これは「いのり」と題する詩である。仮名書きの詩が伸二郎には珍しく興味深かった。

山村暮鳥は一八八四年（明治十七）一月、群馬県に生まれ、県の小学校の代用教員となった。暮鳥は後、上京して築地の聖三一神学校に入り、以後、クリスチャン伝道師として各地を転々とした。また、詩人としては自ら新詩研究社を興し雑誌『風景』を出した。一方で北原白秋主宰の『地上巡礼』（一九一四年・大正三年九月創刊）に作品を発表し、さらに室生犀星や萩原朔太郎らと共に『卓上噴水』（一九一五年・大正四年三月創刊）『感情』（一九一六年・大正五年六月創刊）を出したりして詩風を磨いた。

山村暮鳥の詩集『聖三稜玻璃（せいさんりょうはり）』は第一詩集『三人の処女』（新声社　一九一三年五月）に次ぐ第

二詩集である。発行所のにんぎょ詩社は、漢字を用いて表記すると人魚詩社であり、この詩社は大正三年（一九一四年）六月、萩原朔太郎が暮鳥や犀星と共に「詩、宗教、音楽の研究」を目的として結成した文学結社である。詩は犀星、宗教は暮鳥、音楽は朔太郎がそれぞれ担当するというのが朔太郎の腹案であった。

この詩集『聖三稜玻璃（せいさんりょうはり）』はノート判（縦十九センチ、横十三センチ）で全百十一ページ。三十五篇の詩が収められ、広川松五郎の装画で飾られていた。特製革装のものと並製紙装のものとの二種類があったが、そのいずれかを手にして仲二郎は狂喜した。この本はにんぎょ詩社の発行であったが、発売所は東雲堂書店である。熊本でもこの本を手にすることができたのである。

仲二郎がこの詩集を手にしたのは九州学院四年生の時である。表現の難しい所がたくさんあった。それでも彼は一生懸命に読んだ。作者の心の戦いが他所事（よそごと）ではなく自分の胸にひたひたと沁み込んでいった。当時の教会の形式主義や権威主義に対して批判的であった暮鳥が、聖公会の伝道師として活動しなければならない苦悩、それが詩篇の端々に滲み出ていた。当時、ミッションスクールに学んでいた仲二郎が教会の伝統及び聖職者の権威にしばられ、精神的に苦悩していたことは確かである。そこで両者が結びついた。山村暮鳥の詩集『聖三稜玻璃（せいさんりょうはり）』は十六歳の少年仲二郎にとって「自由へのあこがれ」という想念を導くにふさわしい一個の爆弾であった。

暮鳥の内面と仲二郎の内面は同一ではなかった。仲二郎は暮鳥ほどには、教会の伝統や聖職者の権威に強く反撥する心情はなかった。だが、思春期の青年に通有の高邁な理想や自由憧憬は強かった。その心情を奮い立たせたのがこの詩集である。そして仲二郎はこの時初めて、詩という文学が人間の心を奮い立たせる物凄いものであることを学んだ。

4

暮鳥の詩が仲二郎の内面にもたらしたものが、もう一つある。それは次の詩である。

このみ
きにうれ

ひねもす
へびにねらはる。

このみ
きんきらり。
いのちのき
かなし。

これは「曼陀羅」と題する暮鳥の詩である。

この詩の題は仏教的である。しかし、詩の中身は、アダムとイブが蛇の誘惑により禁断の木の実を食べ楽園追放になるという話をふまえているように判断する。前掲の詩「いのり」(本稿の3を参照)にはキリスト教の原罪という観念が見出せる。

伸二郎の学んだ学校はミッションスクールであったから聖書は読んだであろうし、原罪の話も聞いたであろう。しかし、そのような学校での説教や授業と異なる形で原罪観念の浸透が彼に在ったことは注目すべきである。

それは暮鳥の詩を通してのものである。我知らず罪を犯してしまうという人間存在の悲しさ・哀れさを教えてくれたのは暮鳥の詩篇であった。

暮鳥研究家の和田義昭は次のように述べている。

全体として流れるような旋律の中に、人間の底知れぬ寂しさが奏でられ、罪深い人間が救われようとする姿が読み取れる（注1）。

これは暮鳥の詩の特徴を述べたものである。しかし、和田はこうも述べている。「神の救いは冷たく、落葉の如くはかなく寂しい」と暮鳥は悟ったと。

山村暮鳥の詩篇がもたらす気韻は、信仰のありがたさや救いという楽天的なものではない。もっとはかなく、寂しいものである。そして、それは人間の実存意識と深くかかわるものである。

こうして若き伸二郎に人間の実存という問題を突きつけたのは、山村暮鳥の詩であった。伸二郎は近代人としての苦悩に触れ、徐々に詩文学の魅力に取りつかれていく。それは漢詩とは異なる近代詩の魅力であった。

暮鳥詩のもつふしぎな悲哀と憂鬱の心象は、伸二郎がのちにボードレールに惹かれ、萩原朔太郎と出合う素地を彼の心内に醸成した。

注

（1）和田義昭『山村暮鳥と萩原朔太郎』（笠間書院　一九七六年七月）。

5

仲二郎は九州学院在学中、文学のみならず、美術にも心酔した。美術学校に入り画家になりたいと思った。

九州学院では病気のため一年間休学し、大正七年（一九一八）三月、十九歳で卒業した。卒業後、東京在住の兄惟邦をたずねて上京し、兄の下宿に寄寓し美術学校の受験を目指しそのための準備をする。

東京のあちらこちらの美術館に通い、陶器の写生を行った。彼の生涯における陶器への愛着と興味関心は、この頃から始まった。

しかし、郷里の父は画家志望の仲二郎に反対した。

父は画家が好きだったが、まさか自分の息子が画家になるなどとは思わなかった。絵画は紳士が享受すべきものであり、制作の側に回るのは危険であると自覚していた。しかし、振り返ると、自分がそのようなものに息子を接近させ過ぎたのかもしれないと悔いた。父は一度とりついたら離れられない芸術の魅力のこわさを知悉していた。さらに、その魅力にとりつかれ、大成せず中途半端のディレッタントや何かで終った多くの人を知っていた。だから、父はお前が画家になるのは反対だと言った。しかし、伸二郎は自分の決意が並々でないことを父に説いた。

だが父はさらに反対した。食うのに困るではないか、画家なんてものはよほどの才能があればのことだ、職業としては博奕(ばくち)を打つようなものだ、など。こうして父と息子との確執は、しばらく続いた。

すると、二人の間に兄の惟邦が入って、こう述べた。

父の言うように画家は職業として確かに不安定である。だが、画家になるのが悪いわけではない。伸二郎はまず、安定した職業を得て、画業に励んだらどうか。正規の職をしっかり勤めつつ、芸術の花を咲かせた人が大勢いるではないか。自分は医師志望であるから、森鷗外、木下杢太郎、斎藤茂吉の例を挙げる。彼らはいずれも医師という正規の職を全うしつつ、文学芸術の面でも一流の仕事を残している。もし芸術に身を捧げるなら、こうした人たちの方法に学んだらどうだろうか。自分の才能もろくに分からないうちから芸術一筋に生きたいと決意するのは、側目(そばめ)には危なっかしくて見ていられないよ。

伸二郎は兄の話を聞いて、なるほど一理あると思った。今は、やたらと画家志望の熱が燃えている。しかし、時々冷静になって我が身を振り返ると、ちゃんとやっていけるか不安になる。画家としての才能が本当にあるのだろうかと。

そのような煩悶の末、伸二郎は美術学校の受験を断念した。父も兄も喜んだ。父は美術学校以外なら文科でも理科でもどちらでもいいと言った。一年余り続いた父との確執はここで終了した。

大正八年（一九一九）四月、伸二郎は慶応義塾大学文学部仏蘭西文学科（予科）に入学した。伸二郎二十歳である。彼は将来の職業と自分の趣味特技とを合せて文科を選んだ。そして、彼の心の奥底には相変らず芸術家（美術家）への夢がくすぶり続けていた。

第二章　東京で暮らす

6

伸二郎が郷里熊本を後にして上京したのは十九歳の時である。その後、大学志望校のことや進路のことで数回、熊本に帰った。しかし、大学に入ってからの彼は、年譜に見る限り、帰郷の形跡はほとんど見られない。

彼は上京後、東京にしばらく住んだ後、太平洋戦争中埼玉に疎開し、戦後ずっと埼玉で過ごした。彼はあまり熊本に帰らなかったようであるが、心の中で家郷熊本を大切にしていた。彼の詩には家郷熊本の阿蘇に帰っていく箇所があるとは、よく評される言葉である。

また、彼の詩によく出てくる「蒙古」とは実際のその地ではなく、彼の心の中に潜む阿蘇ではないかと言われている。

このような詩がある。

故郷をもたない男が
故郷をおもった
故郷を思うとむやみに喉が渇いた
いつも野原と空がむかい合っていた
ときどき雲があらわれ
ときどき草の間からバッタが飛んだ

「故郷」と題する詩（『定本　岩魚』所収）である。故郷を喪失した詩人の、ある呵責に似た気持ちが表白されている。

さらに、祖先の墓参に帰郷した彼は故郷の阿蘇を次のようにうたっている。

わが故郷は荒涼たるかな
累々として火山岩のみ
黒く光り
高原の陽は肌寒くして

山間の小駅に人影もなし

祖先の墓に参らんと
ひとり
風はやき荒野をゆく
これぞこれ
わが誕生の黒川村か
重なり重なり
波うち怒れる丘陵

ああ　黒一点
鳥の低く飛び去るあたり
噴煙たかく
大阿蘇山は
神さびにけり

「故郷の山」と題する詩（『乾いた道』所収）である。この詩を読むと、彼の内なる「蒙古」や「砂漠」の原型は、こうした阿蘇周辺の風景にあると判断できる。「故郷の山」と同じく伸二郎が帰郷した折の作品に「琅玕の勾玉」（『乾いた道』所収）がある。

ひと日われ
筑紫なる故郷にかえり
おとめ塚とよばるる丘にのぼる
はるけく煙る松林の中
海の青　いや遠くして
潮騒の音全山にどよめり

道のべの赤土のいろ
血のごときうちに
ふと見出せしは何ぞ
一個の玉　琅玕の勾玉なり
長さ一寸に及ばず

雨過天青（＊晴）のいろ深くして
雲をうつせり

人のかげもなき丘なり
鳥かげもなき疎林なり
真昼の陽あくまで静かに
太古の想い
しんしんとわれに来る
つくしおとめの
ふくらめるその胸に光れる
玉　この勾玉よ

この詩にも故郷を思う一途な思い、また、故郷の風物をいつくしもうとする気持ちがあふれている。伸二郎にとっての故郷は彼がその地から遠のくに比例して、ますます詩の中に投影してくる。詩人と故郷とのそのような関係が作品の中に実によく表れている。

7

山本捨三はその著『現代詩人論』(桜楓社　一九七一年四月)所収の「蔵原伸二郎」で伸二郎の詩篇をあげつつ、「上京以来、伸二郎はついに故郷を離れたままだったが、その脳裏にはこれらの詩篇が暗示している時空の悠久に生きる郷土阿蘇の風物が常に去来していたのではなかろうか。」と述べている。前掲の詩「故郷」「故郷の山」等の詩篇は確かに山本の述べているとおりである。

ところで、前掲の詩「故郷の山」「琅玕(ろうかん)の勾玉(まがたま)」は以前、詩集『戦闘機』(鮎書房　一九四三年七月)に所収されたものであり、それらは改稿されて戦後の詩集『乾いた道』(薔薇科社　一九五四年五月)に所収された。

『戦闘機』所収の後記を兼ねたエッセイ「祭りの文学」によると、「私のここに集めた詩はすべて大東亜戦以後のもの」とある。だとすれば、「故郷の山」「琅玕(ろうかん)の勾玉(まがたま)」は昭和十六年(一九四一)以降の雑誌または新聞が初出ということになるが、その初出が見当たらないのでとりあえず、『戦闘機』(一九四三年)所収のものと『乾いた道』(一九五四年)所収のものとを比べてみることにする。

まず、「故郷の山」について。『戦闘機』では通しで十八行であるが、『乾いた道』では三連に行分けしている。冒頭の「わが故郷は荒涼たるかな」の前に「二十幾年ぶりに帰りこし」の一行がある。また、第三連第三行の「噴煙たかく」が「噴煙高く天に吐く」となっている。いずれも余計なものを省き推敲した。

次に、「琅玕の勾玉」について。『戦闘機』では通しで二十二行であるが、『乾いた道』では三連に行分けしている。『乾いた道』の第二連第六行第七行が『戦闘機』では次のとおり。

しかも紫紺のいろ深く
歴史のごとく天を映せり

また、『乾いた道』での第三連第四行以下が『戦闘機』では次のとおり。

あゝ　太古の想ひ
しんしんとわれに来る
まぐはしの筑紫をとめの
そのたくましの胸に光れる

玉

このまが玉

このように見てくると、改稿の苦心がうかがえる。片や戦時中であり、片や戦後という詩集出版の時代背景を考慮する必要がある。

ところで、詩集『戦闘機』には「故郷の山」と「琅玕（ろうかん）の勾玉（まがたま）」の間にもう一篇「阿蘇山」と題する詩が入っている。これら三篇の詩は伸二郎が二十年ぶりに故郷に帰って故郷の風物を見、その感動によって創作された、いわゆる熊本阿蘇風物詩である。

伸二郎自身これらの詩に並々ならぬ愛着を持っていた。だから、戦後の詩集『乾いた道』にこれらを改稿して収録した。しかし、「阿蘇山」は省かれた。なぜ、「阿蘇山」は省かれたのか。

それは、故郷の神々しい山を当時の戦争時局に結び付けて、うたったからである。戦後になって、いくらか戦時中の空気が薄らいだとはいえ、このような作品を改稿して詩集に収めるには強いためらいを感じた。この詩を通して垣間見られる戦時中の自分の姿が恥ずかしかったからだけではない。故郷の神々しいまでに素晴らしく美しい阿蘇の風物を時局性という時代の要請で冒瀆したことが彼自身たまらなく悲しかったからである。

松永伍一は論稿「満月にほゆる青き狼」（『地球』第四十一号　一九七一年六月）で蔵原伸二郎の

戦時中の詩業について、伸二郎は「阿蘇山」のような一連の詩によって「政治的イデオロギー」とは本来無縁であるはずの世界をより抽象化していく過程で〈文明不信〉への熱度」を高め当時の政治情勢の歯車とかみ合ったと指摘している。

しかし、阿蘇の古代信仰につながる火の山の伝統と、荒涼たる火山岩の美の感性、この二つによって培われた伸二郎の幼少年期の体験が昭和戦後に再燃するという事情も重視したい。それは時局性とかかわらない新しい野性や原始憧憬の心象となって作品に定着するのである。

第三章　詩の初投稿

8

ところで、蔵原伸二郎の無名時代の作品を探そうとして明治の終りから大正時代の文学雑誌の投稿欄を調べてみた。すると、意外なことに蔵原の詩作品が見つかった。それを以下、紹介する。

博文館発行の雑誌『文章世界』である。この雑誌は明治三十九年（一九〇六）三月に創刊された読者の投書を主体とした文芸雑誌である。終刊は大正九年（一九二〇）十二月である。この『文章世界』の長詩欄に蔵原は投稿した。選者は北原白秋。

蔵原の作品が載っているのは『文章世界』大正八年（一九一九）三月号、五月号、六月号、七月号、九月号、十月号、十一月号、翌年一月号である。ずいぶん多い。

全てを紹介する余裕がないので主要なもののみを取り上げる。それは大正八年（一九一九）

五月号に掲載の「月夜」を含む三篇と、同年十一月号に掲載の「初秋」の計四篇である。

以下、作品を示す。

①　月夜

やみつかれた肺患者の蒼白な月
それは大地にうづくまって居る
いんうつな森から
のろのろと海蛇の様(やう)に這(は)ひ出る
斑猫(まだらねこ)の瞳のごと異様にかゞやく
青白い月………
なやめる神経の病的感触

あゝたましひだけの人間が歩いて居る
犬が吠える
やせこけた犬が吠える

物の怪(もののけ)におびやかされて吠える
………蒼白な月に吠える

② 夕暮

あゝ　もう散々に疲れ切った夕暮‼
肺病患者の生白い顔が
病院の高い二階の窓からのぞいて居る

黄昏は憂鬱なまなざしをして
地べたを這(は)ひあるき
こん棒で打ちのめされた野良犬が
そこに………
真黒にうづくまって居る

尖塔角のてっぺんに悲しい星が
ひっかかって居る。
あゝ　もう散々に疲れ切った夕暮‼

③　春

緑、緑、緑、………緑色の瞳
オヤ！
オヤ！　コーケッティ（＊竹長注記、コケティシュな）奴が居やがる
ハハ……光がふざけてる。
フン、情婦（いろ）？
アア　街路樹の情婦？
青ばへ（＊竹長注記、青蠅）の羽がチラッと

紫色に光る
さうだ　もう春だ………
さうね　もう春だわね………

④　初秋

白金の皿をなめる
黒猫のあやしき毛並の間から
秋のつめたい目がのぞき
植物の細胞の寝息をきいてゐる
夜の岩石の外皮下では
青白いバイブルのページが
たった一人で
心霊の葬列を待ってゐて
地下室の床の様(やう)にねしづまった大地からは

命のさびしい香が流れてくる
秋のつめたい目の光り。

既に述べたように、ここに引用した作品は『文章世界』に載った作品全てではない。他の作品を加えると十篇以上ある。①から③までの三篇は『文章世界』大正八年（一九一九）五月号、④は『文章世界』大正八年（一九一九）十一月号に載ったもの。

『文章世界』大正八年（一九一九）五月号の選評で北原白秋は次のように記している。

〈評〉病的感触がいくらか粗暴に、可(か)なり太い線で、やりっぱなしになぐり書きされてゐる。それでゐて鋭い、それは堪へられなくなった霊魂のうめきのやうだ。

白秋はこのように述べ、蔵原の作品に「賞」を進呈している。

前掲の詩四篇を読んで気付くのは、萩原朔太郎の影響である。特に詩集『月に吠える』（感情詩社・白日社出版部　大正六年二月）の影響である。さらに正確に言うと、『月に吠える』所収の詩篇が載った雑誌『感情』（発行・感情詩社　大正五年六月創刊～大正八年十一月終刊）からの影響である。なぜなら、当時の蔵原にとって詩集『月に吠える』は入手するのが難しかったからである。第一にこの本は少部数の出版であったこと、第二にこの本が高価であったこと、第三にこの本はマスコミの流れに乗らなかったこと等が入手できなかった理由である。このようなことを蔵原の友人青柳瑞穂が述べている。

（前略）当時、『月に吠える』など、手に入れるすべもなかった。クラハラ（＊竹長注記、青柳は蔵原をこのように表記する）は詩誌『感情』を探してきてくれたので、ぼくらはほかの寄稿者などには目もくれず、もっぱら、朔太郎の作品ばかりに酔い、またぼくはそれを大学ノートにコピイした。（中略）びんぼうな、けいおうぎじゅく（＊竹長注記、青柳は慶応義塾をこのように表記する）の学生、クラハラとぼくは、新橋から京橋まで、一軒のコーヒー店に入ることもなく、朔太郎を論じつつ、いく往復したか知れない。とうとう、ぼくは神田の古本屋で『月に吠える』を買うことができた。六円五十銭、これはなかなかの大金であった（注1）。

青柳のこの文によって判断すると蔵原は主として雑誌『感情』によって朔太郎の詩風に接近していたと言える。そして、この時期の朔太郎の詩風は『月に吠える』（感情詩社・白日社出版部大正六年二月）と『青猫』（新潮社　大正十二年一月）に結実していく。

蔵原伸二郎はこのように、『文章世界』の詩の選者である北原白秋から一足飛んで未知の詩人萩原朔太郎に接近した。

白秋は朔太郎の『月に吠える』に「序」を寄せている。朔太郎にとって白秋は先輩詩人である。つまり、白秋は当時、著名な詩人であった。それに対して朔太郎はまだまだ駆け出しの詩人であった。このことに関して、青柳瑞穂は次のように述べている。

その時代（＊竹長注記、大正八年頃）、室生犀星のほうがむしろ名が知れていて萩原朔太郎はそれほど大きな名前でなくて、それまで（＊竹長注記、蔵原から雑誌『感情』を見せて貰うまで）実は私も知らなかったんです（注2）。

蔵原には先見の明があった。当時、未知数とされていた朔太郎の詩風を彼は先見して評価した。大正八年頃は蔵原は二十歳。慶応義塾大学の学生である。その時の彼の住所は東京の麻布区宮村町七十八。これは雑誌『文章世界』の投稿欄に出ている。

注

（1）青柳瑞穂「蔵原伸二郎との交遊」　蔵原伸二郎『蔵原伸二郎選集　全一巻』（大和書房　一九六八年五月）四〇一ページ。

（2）浅見淵・青柳瑞穂・小田嶽夫・中谷孝雄・町田多加次「〈座談会〉蔵原伸二郎を偲ぶ」。『蔵原伸二郎選集　全一巻』付録（大和書房　一九六八年五月）「〈座談会〉蔵原伸二郎を偲ぶ」の中での青柳瑞穂の発言。

引用文献（第一章〜第三章）

〈蔵原伸二郎の著作〉

・蔵原伸二郎「〈現代の百人〉蔵原伸二郎」（『埼玉新聞』　一九六四年四月二十四日）＊記者によるインタビュー記事。

・蔵原伸二郎「御神木」（『文芸春秋』一九四三年四月号）。

・蔵原伸二郎「自伝」（創元文庫版『日本詩人全集　第八巻』　一九五三年五月）。

・蔵原伸二郎『定本　岩魚』（詩誌『陽炎』発行所　一九六五年十二月）より「故郷」。

・蔵原伸二郎『乾いた道』（薔薇科社　一九五四年五月）より「故郷の山」「琅玕（ろうかん）の勾玉（まがたま）」。但し、この二作は前詩集『戦闘機』所収のものと異同あり。

・蔵原伸二郎『戦闘機』（鮎書房　一九四三年七月）より「阿蘇山」「故郷の山」「琅玕（ろうかん）の勾玉（まがたま）」。

〈他者の著作〉

・北川桃雄『日本美の探求』（法政大学出版局　一九六七年一月）。

・緒方昇「愁いの淵の『岩魚』」（『地球』第四十一号　一九七一年六月）。

・山村暮鳥『聖三稜玻璃』（にんぎょ詩社　一九一五年十二月）。
・和田義昭『山村暮鳥と萩原朔太郎』（笠間書院　一九七六年七月）。
・山本捨三『現代詩人論』（桜楓社　一九七一年四月）。
・松永伍一「満月にほゆる青き狼」（『地球』第四十一号　一九七一年六月）。

第四章　小説家への夢開いて　――『葡萄園』時代――

9

慶応義塾の入学試験の時、蔵原伸二郎と隣り合わせに坐っていたのが青柳瑞穂だった。二人はめでたく入学し、友だちとなった。片や熊本、片や甲州という田舎の町から上京してきた二人であるが、まるで隣の町で生まれ育ったように、「よく似て、よく知り合っていた」と青柳が随筆「蔵原伸二郎との交遊」で回想している（注1）。

さらに青柳は「ぼくらはこうして出会い、おたがいに兄弟を感じ、おたがいにそれを見抜いたのであろう」（前掲「蔵原伸二郎との交遊」）と述べている。まさに兄弟のような友情は終生、続けられた。

二人とも貧乏な学生だった。当時、萩原朔太郎の詩集『月に吠える』が古本で六円五十銭だった。これを買うのに二人は一苦労した。また、新橋から京橋まで二人は朔太郎の詩について論じながら数回往復した。コーヒー店に入って話をすればよかったのだが、二人ともコーヒー代を払う金がなかった。雑誌に載った朔太郎の詩を数篇見せたのは仲二郎である。仲二郎も瑞穂も当時の日本詩壇の主流を飽き足りなく思っていた。ボードレールやヴェルレーヌなど異国フランスの詩に魅せられていた。だが、朔太郎の出現には驚いた。

仲二郎と瑞穂は有楽町のカフェ黒猫によく足を運んだ。そこには色の浅黒い女給（メイド）がいて、すばらしい美人だった。二人は彼女を「ラ・ノワール」（日本語に訳すと「黒い女」）とひそかに呼び合い、店にいる彼女に朔太郎の詩を朗読させようと計画した。

そのようなことをしているうちに朔太郎の詩集がまた出た。『青猫』である。これにまず驚いたのは瑞穂である。瑞穂は当時、詩を書いていた。だが、朔太郎の詩を続けて読み、もう俺には詩は書けないと言った。

仲二郎も同じような気持ちだった。彼は当時のことを次のように回想している。

とにかく、約十年、朔太郎の亡霊にとりつかれました。詩を作れば、どこか彼に似ている。いや、まねている。何とかしなければと、どんなに苦しんでも、朔太郎が私のどこかにいる。困りました（注2）。

萩原朔太郎の詩集『青猫』が出たのは大正十二年（一九二三）一月だから、彼らの朔太郎病は在学中ずっと続いた。しかも伸二郎は「約十年」と述べているから、大学中退（除籍）後も朔太郎病は続いた。

ところで、伸二郎は当時、小説の方に力を入れていた。小田嶽夫の『文学青春群像』（南北社　一九六四年十月）によると、伸二郎は後に単行本（『猫のゐる風景』『目白師』など）に収録する「逃走」「自殺者」「鏡の底」「草の中」「青鷺」などの短篇小説を書いていた。そして、詩の方もせっせと書きためていた。それらは『三田文学』『葡萄園』等に発表され、昭和九年（一九三四）からは保田与重郎の推輓で『コギト』に詩が連載されるようになる。『コギト』に昭和九年（一九三四）九月から翌年（昭和十年）八月までに連載された詩篇は昭和十四年（一九三九）三月、生活社から詩集『東洋の満月』として刊行された。

10

蔵原伸二郎と青柳瑞穂が慶応の文科にいた時、石坂洋次郎（国文科）や北村小松（英文科）もいた。

瑞穂は前述したように、朔太郎病にかかって詩が書けなくなった。そして、美術・書画・骨董の方面に趣味を伸ばしていく。瑞穂には、もともとその方面の才能があった。だが、伸二郎との出会いによって、その才能にいっそうエンジンがかかったと言える。

瑞穂は伸二郎の鑑定眼に一目置いていた。そして、伸二郎には瑞穂にない「生きもの趣味」があった。目白、河鹿（かじか）、シバ犬などを愛好する趣味である。

ところで、大正八年（一九一九）伸二郎が慶応に入ると、両親と妹が相次いで上京してきた。父の惟暁は田舎より都会の空気を人一倍好んでいた。そして、両親、伸二郎、妹の四人が品川の上大崎に住むことになった。

長兄の惟邦が医師となり上海で開業することになった。母いくは、兄と共に上海へ渡った。母は病気がちであったが、惟邦について行った。本土にいては皆の足手まといになると思ったからである。惟邦と一緒に行けば、すぐに診察し治療処置をしてくれると考えたからである。また、惟邦には母の世話なら俺に任しておけという自信があった。

伸二郎が慶応に行かなくなり殆んど休学になっていた大正十二年（一九二三）の八月、上海の兄より「母キトク」の電報が届いた。伸二郎は父と共に上海に向かった。長いと感じた船旅の後、母と会うことができた。母は、思ったよりも元気だった。だが、頬はやせこけて、足は枯れ木のように細かった。伸二郎は母にまだ寿命があると思ったが、そんなに長くはもたないだろうと感じた。そのような時、本国の関東地方で大地震が起こったという知らせが入った。九月一日午前十一時五十八分、震度はマグニチュード七・九である。ちょうど昼時だったので火を使っていた家が多かった。それで、たちまち百数十ヵ所から火の手が上がり、死者十万人、損害百億円にのぼるだろうというニュースが、上海にいる彼らに伝わってきた。伸二郎は急いで船に乗り、帰国した。

伸二郎は巣鴨宮下の西沢光次郎の家に住む。一ヶ月後の十月一日、母いくが上海で亡くなった。そして、さらに一ヶ月後の十一月、父が上海から帰国した。

11

伸二郎の妹は悲しさで泣きじゃくった。父は「別れを充分惜しんできたよ。」となだめたが、妹は母の姿を見ることができなかった悔いで、わあわあと泣き叫んだ。伸二郎も悲しい気持ちは妹と同じだった。死に目に会いたかったが、海一つ隔てた彼(か)の地なので、すぐに会えるというわけでなかった。こうやって離れ離れに暮らしていたことが、死に目に会えぬ定めなのだと彼は瞼(まぶた)にあふれてくる涙を、じっとこらえた。

母いくの死はある程度予想されていたことだが、いざ亡くなると父には相当なショックだった。したがって、これ以後父の気力が急に衰えた。

そして翌年（大正十三年）父の惟暁は風邪をこじらせ、二月十二日、肺炎で亡くなった。昨年からの疲労が蓄積していたのである。父の死は母の死に次ぐ悲しみだった。

もう父はいないんだと自分に言い聞かせても、部屋のどこかにいるようで、伸二郎は夜遅く帰って来ても、「お父さん、ただいま！」と叫んだりした。

父との楽しい思い出もあったし、父との激しい衝突もあった。父が亡くなった今となって、それらの一つ一つが懐かしく思い出された。また、父の生前、親孝行らしきものを何一つしなかった自分を後悔した。

父の葬儀が終わり、四十九日の法事が終わってから、伸二郎は借家を出た。そして、大塚辻町（現在、文京区）に一人で下宿を始めた。

彼は慶応の学生を続けていた。そして、巣鴨で家庭教師のアルバイトをやっていた。中学生の男の子に勉強を教えていたのである。その姉千木良（ちぎら）康子と恋愛し、彼女とこの年（大正十三年）十月、結婚する。伸二郎は二十五歳。康子は明治三十九年（一九〇六）二月生まれであり、伸二郎より七つ年下の十八歳である。二人は杉並の阿佐ヶ谷に新居を構えた。阿佐ケ谷駅の南側で、駅から歩いて四、五分の静かな所だった。

12

大正十四年（一九二五）十一月、長男惟光(これみつ)が生れた。伸二郎は生活のために次々と短篇小説を書き始めた。また、大塚辻町から阿佐ヶ谷に移って新居を構え、文人たちとの付き合いが盛んになった。そして、昭和二年（一九二七）、慶応大学から除籍となる。理由は、授業料未納のため。大学の卒業資格を得るよりも、物書きとしての生き方を決断したからである。当時、阿佐ヶ谷近辺には岸田国士、横光利一、牧野信一、川端康成、井伏鱒二らが住んでいた。

阿佐ヶ谷には友人の青柳瑞穂も住んでいた。青柳は旧知の友蔵原伸二郎が近くに来ることをたいそう喜んだ。瑞穂は伸二郎より早く結婚し、西大久保から阿佐ヶ谷に移って来ていた。

大正十三年の秋、久しぶりに会った伸二郎は瑞穂にいきなり、紙を渡した。「ここに証明を頼む。」それは婚姻届だった。保証人になれというのだった。

瑞穂は紙の狭い余白に苦心して文字を書いた。それを見て伸二郎はこう言った、「なんてヘタクソなんだ。まあ、貴様らしくていいや。」二人は顔を見合って、大笑いした。

ところで、阿佐ヶ谷時代の蔵原伸二郎の様子を描いた文献に小田嶽夫の『文学青春群像』（南北社　一九六四年十月）がある。小説家の書いたものであるから、多少、フィクションめいた所もあるであろうから、そのまま事実とは言えないが、当時の伸二郎や関わりのあった文学者の様子を幾らかうかがうことができる。

小田が伸二郎と初めて会ったのは、大正十二年（一九二三）の年末（冬）である。

> 最初に佐藤の二階の部屋で蔵原と会ったときは、炬燵（こたつ）がしてあったのを憶（おぼ）えている。蔵原は熊本の出身で、いかにも九州男児らしくどこかゴツゴツした感じがあり、声なども大きいが、半面気の弱そうなところがあり、それよりも目の玉が灰色をしてい、目尻が鋭く切れているのが印象的であった（注3）。

伸二郎と初めて会った時の印象を小説家らしく見事に描いている。文中の佐藤とは佐藤麟太郎で、小田の中学時代の級友である。

佐藤麟太郎は慶応義塾大学文学部の社会学科の学生であり、金満家の息子だった。伸二郎は金欠になると佐藤の所に行き、飯を食わせてもらったり、金を借りたりしていた。

伸二郎が小田に語ったことで記憶しているのは、次のことである。まず、在学中ほとんど学校へ行かないで、読書と創作に明け暮れていたということ。また、フランス文学と同様、ロシア文学に強く魅かれていたということ。特にチェーホフ、ドストエフスキーに強く魅かれていた。外国語学校のロシア語科の夜学に通ったこともある。

そしてある日、佐藤の家で、小田が蔵原に会った時、蔵原は小説の原稿を携えており、その一部を読んで小田に聞かせた。

また、ある日のこと、両親と死別し蔵原が一人で住んでいた大塚辻町の下宿に小田が訪問した時、蔵原は多くの詩稿を押入れから出してきて小田に見せた。

蔵原はこの頃、創作熱に燃えていたのである。小説と併行して多くの詩稿を書いていた。

13

小田嶽夫は大正十三年（一九二四）の夏、外務省の書記生として中国杭州の領事館に勤務することとなり日本を離れた。そして小田が帰国する昭和三年（一九二八）の春までの間に伸二郎は、同人雑誌『葡萄園』で華々しい活躍をし、さらに単行本『猫のゐる風景』（春陽堂＊文壇新人叢書　一九二七年十一月）を刊行する。

同人雑誌『葡萄園』について述べる。この雑誌は全体を四期に分けることができる。第一期は創刊時の立役者である久野豊彦を中心とした「久野時代」であり、第二期は久野がぬけて加藤元彦が編集した「千代田館時代」である。加藤の下宿が本郷五丁目の千代田館にあったからである。第三期は吉行エイスケの編集による「吉行時代」であり、第四期は酒場リラの経営者赤羽恵之助の後援によって雑誌を刊行した「リラ時代」である。

年代順に示すと、「久野時代」は大正十二年（一九二三）九月から大正十五年（一九二六）まで（＊月は以下、省略）。「千代田館時代」は昭和二年（一九二七）から昭和四年（一九二九）まで。「吉行時代」は昭和四年（一九二九）から昭和五年（一九三〇）まで。「リラ時代」は昭和五年（一九三〇）から昭和六年（一九三一）まで。

このように見てくると、『葡萄園』は当時の同人雑誌としては、息の長い雑誌である。同人の何人かが変わったり、一時休刊があったりしたが、九年の長きにわたって続いたことは珍しい（注4）。

『葡萄園』の創刊号は大正十二年（一九二三）九月一日の発行である。この日は奇しくも関東大震災の日である。本文三十九ページ、後記・奥付けの一ページを入れると全四十ページの薄い雑誌である。内容は次のとおり。

ある尼僧　　　　　加藤元彦
靴　　　　　　　　久野豊彦
鸚鵡　　　　　　　守屋謙二
トロンド（ビヨルンソン作）　熊沢孝平

熊沢の「トロンド」のみが翻訳で、他はすべて創作（短篇小説）である。加藤は慶応の独文科、久野は慶応の経済学科、守屋は慶応の哲学科、そして熊沢は東大法科にそれぞれ在籍していた。彼ら四人は郷里が同じとか下宿が隣接しているなどの関係で結成されたグループである。約一年前からお互いに原稿を回覧し、雑誌の創刊に踏み切った。慶応には『三田文学』という名の知れ渡った雑誌があったが、第一期『三田文学』は大正十四年（一九二五）三月終刊となり、第二期『三田文学』は大正十五年（一九二六）四月創刊となる。『葡萄園』はこの『三田文学』に対してライバル意識があった。

ところで、伸二郎が『葡萄園』に参加するのは第三年第一号（大正十四年一月）からである。

14

『葡萄園』の一周年記念号（大正十三年十月）から表紙の絵が変わった。表紙の真ん中に、開いたコウモリ傘がある。そして、傘の柄にぶどうの蔓がまつわりついている。傘の色が毎号変わり、第三年第一号（大正十四年一月）の傘の色は薄緑である。

この号の内容は次のとおり。

愛の刑法	久野豊彦
横浜から来た時計師	熊沢孝平
ゐもり	蔵原伸二郎
運命	左右田道雄
ときちゃん	和木清三郎
薄暮街道	加藤元彦
U氏のいが栗頭	守屋謙二

蔵原、左右田、和木の三人は創刊号に名前のない執筆者であるが、左右田と和木は一周年記

念号（大正十三年十月）にも寄稿している。蔵原だけがこの号に初めて寄稿した。また、蔵原の寄稿は詩であるが、他の六人はすべて小説である。なお、この号は全部で六十三ページである。

この号（第三年第一号＝大正十四年一月）の後記「千九百二十五年　葡萄園覚書」には次のように記してある。

本号には和木、左右田、蔵原三君の作品を得、一層の光輝を与へたり。之等友人は今後も本誌のために同人同様、しばしば原稿を寄せらるることとなるべし。喜ばしき次第なり。

この号以降、左右田と蔵原の寄稿は続き、第三年第六号（大正十四年六月）をもって二人は『葡萄園』の同人となる。

第三年第六号の「後記」（＊執筆者の名は記していないが、久野豊彦と判断する。）には次のように記してある。

思へば私たちがこの同人雑誌を創めてからもう足掛け三年になります。同人雑誌としては決して短いものではないと思ひます。この間に私たちは大したことではないにしろ、同人雑誌としての使命を相当はたしたと考へます。少なくともその第一期の仕事は終ったと考へます。私たちはこの期に際し、蔵原、左右田二君を新同人に加へ、雑誌の内容にも新しい試みと変化とを追々与へ、同人雑誌今後の使命をして益々光輝あらしめたいのです。

蔵原伸二郎と左右田道雄はそれまで寄稿者扱いであったが、大正十四年（一九二五）六月をもって『葡萄園』の同人となった。

ところで、寄稿者の一人和木清三郎は大正十五年（一九二六）四月創刊となる第二次『三田文学』の編集で忙しく、『葡萄園』の同人とならなかった。和木清三郎は勝本清一郎、平松幹夫に続いて『三田文学』の編集を担当し、勝本、平松、和木ら三人の中で最も長く『三田文学』の編集を担当した。第二次『三田文学』は久保田万太郎と水上滝太郎を顧問とし編集委員制をとって再出発し、大正十五年（一九二六）四月から昭和十九年（一九四四）十一月まで続き、全二百二十一冊を刊行した。

雑誌『三田文学』の最も華やかな時代はいつだったかと回顧すると、まず浮かぶのが創刊当時の『三田文学』である。これは永井荷風（本名、永井壮吉）が編集兼発行人で、豪華絢爛たる誌面を飾った。明治四十三年（一九一〇）五月創刊であり、大正十四年（一九二五）三月終刊した。これが第一次『三田文学』である。

第二次『三田文学』は大正十五年（一九二六）四月創刊し、昭和十九年（一九四四）十一月終刊となる。前述したように水上・久保田両顧問の下で和木清三郎が編集を担当していた十数年間が第二次『三田文学』の最も華やかな時代だった（注5）。

庄野誠一のエッセイ「戦時中の三田文学」（『三田文学』一九六一年三月）には和木清三郎のことが詳しく記されている。

和木清三郎は雑誌編集の面だけでなく、発行事務の点で並々ならぬ才能を発揮していた。『三田文学』はかつて、籾山書店や春陽堂に雑誌の発売を委託していたが、和木はそれを独立経営に切り替えた。これは他の人には真似のできないことだった。和木はまた、雑誌経営に自分の家庭の経済困難をかえりみず尽くしぬいた。それは庄野にはとてもできないことだった。和木は戦争で北支へ行くことになり、後事を庄野に托した。だが和木は北支へ行く寸前まで『三田文学』の編集を担当した（注6）。『三田文学』の昭和十九年（一九四四）三月号の業務を終えてから彼は出兵した。第二次『三田文学』はこの年十一月で終刊となる。

15

『葡萄園』の執筆者（同人を含む寄稿者）を紹介する。まず、久野豊彦。彼は浅原六朗と並ぶ昭和初期モダニズム文学の旗手であり、実験的な多くの作品を残している。太平洋戦争中は東京を離れ愛知県南西部の知多半島に疎開し、戦後は名古屋商科大学で経済学を講義していた。彼の娘がアメリカ合衆国のロスアンゼルスにいたのでそこへ行き、一九七一年（昭和四十六）一月二十六日、亡くなった。享年七十二歳。

守屋謙二は母校慶応義塾大学文学部哲学科の教授となった。

加藤元彦は慶応義塾大学を卒業後、母校慶応義塾大学の図書館に勤めながらドイツ語を勉強していた。将来はドイツ語の教師になるのが夢だった。

熊沢孝平には妹がいて、妹の友人の女子大生が『葡萄園』の熱心な読者だった。

伸二郎と同時に『葡萄園』の新同人となった左右田道雄は音楽や美術にも精通し、音楽や美術に関する作品（詩と小説）を発表した。

蔵原伸二郎と左右田道雄より少し遅れて『葡萄園』の同人となったのが湯浅輝夫である。湯浅は第四年第二号（大正十五年二月）から寄稿し、第四年第五号（大正十五年五月）から同人となった。彼は戯曲研究に詳しく、また、自ら戯曲を書いた。『葡萄園』同人の中では異色の存在である。

『葡萄園』の同人にならなかったが寄稿者に奥野信太郎、高橋邦太郎、土田杏村などがいる。以上が『葡萄園』の第一期「久野時代」、大正十二年（一九二三）九月から大正十五年（一九二六）までの様相である。

久野豊彦は他誌『三田文学』『辻馬車』『文芸時代』に寄稿し、ついに大正十五年（一九二六）『新潮』十月号（新人特集号）掲載の作品「桃色の象牙の塔」で文壇にデビューする。そして、久野の脱けた『葡萄園』は意気消沈してしまう。

いっぽう伸二郎は『文芸都市』（昭和三年二月創刊）にかかわり、作品を発表するようになる。『葡萄園』は第三期（吉行エイスケの編集による「吉行時代」）にやや立ち直りを見せたが、それも長く続かず、中村武羅夫が中心の『近代生活』（昭和四年四月創刊）に食われた形となり、昭和六年（一九三一）三月、ついに廃刊となる。

雑誌『葡萄園』は九年の長きにわたり刊行されたが、その全盛期は「久野時代」にある。「久野時代」の『葡萄園』で蔵原伸二郎は、どのような活躍をしたのであろうか。それを以下、示す。

・第三年第一号（大正十四年一月）＝通巻第十二号
ゐもり＊詩三篇　20～22ページ
・第三年第二号（大正十四年二月）＝通巻第十三号
蛙＊詩三篇　14～16ページ
・第三年第三号（大正十四年三月）＝通巻第十四号
山猫＊詩三篇　20～22ページ
・第三年第六号（大正十四年六月）＝通巻第十五号　＊四月、五月は休刊
東洋の満月＊散文詩八篇　18～27ページ
・第三年第七号（大正十四年七月）＝通巻第十六号
黄鳥＊詩五篇散文詩四篇　20～30ページ
・第三年第八号（大正十四年八月）＝通巻第十七号
島＊散文詩二篇　17～19ページ
・第三年第十一号（大正十四年十一月）＝通巻第十八号　＊九月、十月は休刊
逃走＊シナリオ　2～10ページ
・第三年第十二号（大正十四年十二月）＝通巻第十九号
陸橋＊シナリオ　18～25ページ

・第四年第二号（大正十五年二月）＝通巻第二十一号
狐＊小説　24～32ページ
・第四年第四号（大正十五年四月）＝通巻第二十二号　＊三月は休刊
自殺者＊小説　2～3ページ
・第四年第五号（大正十五年五月）＝通巻第二十三号
浮浪者＊小説　17～22ページ
・第四年第六号（大正十五年六月）＝通巻第二十四号
鏡の底＊小説　15～30ページ
・第四年第七号（大正十五年七月）＝通巻第二十五号
猿＊小説　2～14ページ
・第四年第十一号（大正十五年十一月）＝通巻第二十六号　＊八月～十月休刊
蒼鷺（あをさぎ）＊小説　2～18ページ

これで見ると蔵原伸二郎は殆んど毎号、執筆している。『葡萄園』第四年第六号（大正十五年六月）の後記に「殊（こと）に蔵原近来の仕事ぶりは尊敬に価（あたひ）する」とあるが、彼は第四年第一号（大正十五年一月）＝通巻第二十号のみを休んだだけであり毎号、精力的に書きまくった。それも詩だけでなく小説も書いている。また、作品のページ数を合計すると百十三ページになる。『葡萄園』一冊の平均が四十ページであるから、これは雑誌の約三冊分である。しかも、一年十ヶ月の創作量であるから、驚くべきである。『葡萄園』時代の蔵原伸二郎がいかに創作熱に燃えていたかを物語る資料である。

『葡萄園』に掲載されたこれらの作品のほとんどが、後年刊行の単行本『猫のゐる風景』と『東洋の満月』に収録されている。もちろん、そのままの形ではない。修正改稿されているが、『葡萄園』時代の作品が原形であることは確かである。こう見てくると『葡萄園』時代の蔵原伸二郎がいかに創作熱に燃えて充実していたかが理解できる。

注

（1）青柳瑞穂「蔵原伸二郎との交遊」『蔵原伸二郎選集』（大和書房　一九六八年五月）所収。

（2）記者執筆のインタビュー記事「現代の百人　蔵原伸二郎」（『埼玉新聞』一九六四年四月二十四日）。

（3）小田嶽夫『文学青春群像』（南北社　一九六四年十月）。この本の中で「一　杭州西湖畔で」と「二　阿佐ヶ谷界隈に群れる」の二つの章が伸二郎に関する記述が多い。

（4）小田切進編『現代日本文芸総覧　下』（明治文献　一九七二年四月）の解説によれば、雑誌『葡萄園』は「反マルクス主義のプロレタリア文学」を標榜し、「関東大震災後の都会主義の文学」から新興芸術派へ、さらにダグラスイズムへと新傾向を追い、「九年間にわたって刊行をつづけた異例の同人誌」となっている。

（5）紅野敏郎「復刊『三田文学』の検討――「精神的主幹」をめぐって――」（『日本文学』一九七〇年六月）は、主幹をあえて空白のままとして出発した第二次『三田文学』の実情について詳細に述べている。「精神的主幹」は水上滝太郎であり、編集担当者は次のとおりである。大正十五年（一九二六）四月～昭和二年（一九二七）十一月は勝本清一郎、昭和二年（一九二七）十二月～昭和三年（一九二八）十一月は平松幹夫、昭和三年（一九二八）十二月～昭和十九年（一九四四）三月は和木清三郎、昭和十九年（一九四四）四月～昭和十九年（一九四四）十一月は庄野誠一。

（6）和木清三郎は慶応義塾内の若い作家や評論家の育成に力を注いだが、義塾以外の書き手に広く門戸を開放し、『三田文学』を自由で清新なものにしていった。和木は「精神的主幹」である水上滝太郎を尊崇し、『三田文学』の発展に自己の生涯を賭けた。当時の『三田文学』は水上あっての和木であるが、和木の努力によって『三田文学』は途切れることなく刊行し続けることができた。詳細は前出（5）の紅野敏郎「復刊『三田文学』の検討――「精神的主幹」をめぐって――」を参照。

第五章　小説と詩、どちらも好む　――『葡萄園』からの出発――

・大正末期から昭和初期にかけての詩壇の状況
・詩誌『亞』と詩誌『赤と黒』、北川冬彦と岡本潤
・井伏鱒二との交友――実の兄貴のようだった
・散文詩から小説へ

16

前掲『葡萄園』の伸二郎作品を見てみよう。

通巻第十二号には「ゐもり」の他に「死猫」「病犬」が、通巻第十三号には「蛙」の他に「牝狼」「死馬」、通巻第十四号には「山猫」の他に「白犬」「山の娘」が載っている。

また、通巻第十五号には「蒼鷺」「満月」「民族を呼ぶ」「吠ゆる人」「植物の目」「砂漠」「絶

望のけもの」「信仰」、通巻第十六号には「黄鳥」「五位鷺」「びはの木」「枇杷の実」「海猫」「漁夫と子供ら」「厭世思想」「山猫」「女と蒼鷺」、通巻第十七号には「島」「ゐもり」、以上これらが詩篇である。

これらの詩篇の中で、通巻第十二号の「ゐもり」通巻第十三号の「蛙」通巻第十四号の「山猫」「白犬」「山の娘」、通巻第十五号の「蒼鷺」から「信仰」までの八篇、通巻第十六号の「黄鳥」「海猫」、合計十五篇の詩がその後、改稿されて詩集『東洋の満月』に所収された。この改稿の仕方は大幅なものではなく、仮名遣いなどの訂正が多い。

これら詩篇の執筆は大正十三年（一九二四）から十四年（一九二五）にかけてのものと推定される。そして、これら詩篇の特徴は何といっても、その題名にある。萩原朔太郎の影響である。朔太郎の詩篇を内面化し、さらに、自己特有の「憂鬱」「性欲」「ぬめぬめした生臭さ」を表出しようとしている。

また、動物の名がたくさん出てくるのが特徴である。多いものから順にあげると、猫、鷺、ゐもり（イモリ）、犬、狼、蛙、馬となる。猫、ゐもり、犬は朔太郎の詩に多い。蛙、馬は他の詩人もよく取り上げているから別段珍しくない。蔵原伸二郎の独壇場は鳥である。そして、狼である。どことなく憂鬱な瞳をした鳥、そして、精気にあふれた激しい狼である。この鳥と狼は伸二郎の中で一体となり、青春の吠え声をあげ、所かまわず、のたうちまわる。鳥と狼は伸二郎の、まさに青春の象徴である。

ゐもり

山おくの
ぼうぼうとした草むらに
青い月が落ちていった
まだ暗い夜あけまえ
さみしい山奥の畑で
赤腹のゐもりが泣いてゐる
きい　きい　きい　きい
つめたい山陰のあぜ道の方で
生白い草の根に抱きついて
いんきに赤腹を光(ひ)からし
落ちてゆくうす青い月かげを眺め
目に涙をため

さみしらに泣いてゐる孤独のゐもりだ
もう月は沈んでしまった
ああ　暗いくらい　さびしい
山おくの夜あけまえだ

これは『葡萄園』第三年第一号（大正十四年一月）に載った伸二郎の詩「ゐもり」である。単行本の詩集『東洋の満月』（生活社　昭和十四年三月）所収の「ゐもり」は次のとおり。

ゐもり

山おくの
ぼうぼうとした草むらに
青い月が落ちて
まだ暗い夜明前
さみしい山奥の畑で
赤腹のゐもりが泣いてゐる

きい　きい　きい　きい
生白い草の根に抱きついて
いんきに赤腹を光(ひか)らし
落ちてゆく青い月かげを眺め
目に涙をため
さみしらに泣いてゐる孤独なゐもりだ
もう月は沈んでしまつた
くらいくらい山奥の夜あけまへだ。

『東洋の満月』所収の「ゐもり」は幾らか、すっきりした感じがする。それにしても、言葉の使い方に大きな変化はない。「青い」「暗い」「生白い」「さみしい」「さみしらに」「涙」「孤独」これらの言葉から、この詩の表現する世界は自(おの)ずから理解することができる。特に「青い」「暗い」「さみしい」という形容詞の三語は、伸二郎の常套語である。このような言葉を使わずに状況の雰囲気を表わす工夫ができなかったのだろうか。主観的な言葉の使用が説明的すぎるような印象を受ける。

次の詩を見てみよう。

牝狼

くらい雪夜の曠野で
牝狼が月の仔を胎んだ
ひょう　ひょう　と
りん月ちかく　くるしく
遠夜に吼える狼だ
見よ　狼の腹には寂びしく
月の胎児がうごめき
あゝ　くらい雪夜の曠野の果を
細長く　細長く
風のごとく疾る走る牝狼は
かなしく光ってゐる

これは『葡萄園』第三年第二号（大正十四年二月）に載った伸二郎の詩「牝狼」である。単行本の詩集『東洋の満月』（生活社　昭和十四年三月）には所収されていない。

この詩「牝狼」は当時の伸二郎の詩風からすれば異端であり、臨月に苦しむ妊娠中の牝狼（メスオオカミ）を取り上げるのは異例である。だから、彼は詩集『東洋の満月』には入れなかった。

しかし、この詩「牝狼」は後の伸二郎の詩風を大きく広げる源となった。

後の詩集『定本　岩魚』（詩誌『陽炎』発行所　昭和四十年十二月）所収の「めぎつね」である。

その作品「めぎつね」は次のとおり。

めぎつね

野狐の背中に
雪がふると
狐は青いかげになるのだ
吹雪の夜を
山から一直線に
走ってくる　　その影

凍る村々の垣根をめぐり
みかん色した人々の夢のまわりを廻って
青いかげは　いつの間にか
鶏小屋の前に坐っている

二月の夜あけ前
とき色にひかる雪あかりの中を
山に帰ってゆく雌狐
狐は　みごもっている

これは狼ではなく、狐の詩である。しかし、その狼が狐に代わってその詩風を受け継いでいる。「吹雪の夜を　山から一直線に　走ってくる」めぎつねの姿や、「とき色にひかる雪あかりの中を　山に帰ってゆく」雌狐の姿は、前掲の牝狼の姿につながっていく。

したがって、前掲の詩「牝狼」は看過できない作品である。

『葡萄園』第三年第三号（大正十四年三月）に載った仲二郎の詩「山の娘」を見てみよう。

山の娘

山の娘は夕月のうすらあかりに浮(うか)み出(い)で
丈高い草の中に這(は)ひ入(ゐ)り
血まなこになり
ずっくり情欲にしめり
あゝ　草の底から
遠い大きな月に向って
いんきくさい動物の叫び声をあげた
おゝ
山の孤独の発情せる娘よ
ぎりぎり青草をくわえて
日ぐれの高原を走るがよい
一(いっ)さんに満月に叫び走るがよい

この詩「山の娘」は詩集『東洋の満月』（生活社　昭和十四年三月）に所収された。ただ一箇所

「ぎりぎり青草をくわえて」が「ぎりぎり青草をくはへて」と訂正されている。当時の仮名遣いの規則に沿った訂正である。

この詩「山の娘」は阪本越郎が著書『詩について』（築地書店　一九四二年十一月）で取り上げ、この詩は「猛烈な原始的感情を歌ふ」ものであり、「現実の重量に耐える意力とその感動の練磨」を秘めた「明日の詩」であると褒めている。当時の時局（戦時体制下）に照らして読むと、この詩は「生理的なもの」や「デカダンス」とすれすれに歩いて来て、しかも、それらをふまえて独自な方法で立ち上ろうとしているように阪本には見えたのだ。

「血まなこになり」「ずっくり情欲にしめり」「ぎりぎり青草をくわえて」「日ぐれの高原を走る」山の娘はもちろん、作者自身の投影であり、そんなにひたむきで、しかも情欲の生々しさにしめりつつ、目標に向かって突っ走るという青春のダイナミズムをうたった詩がこれである。すなわち、青春のある断面を切り取り、それをうたいあげた青春の詩である。

ところで、この詩「山の娘」を作った当時の伸二郎の頭には時局性というものがあったとは思われない。しかし、この詩が詩集『東洋の満月』（昭和十四年三月）の中で読まれるとき、読者に時局的なものを感じさせたかもしれない

17

ゐもり

『葡萄園』第三年第六号（通巻第十五号　大正十四年六月）あたりから仲二郎の散文詩が目立ってくる。そして、第三年第七号（通巻第十六号　大正十四年七月）の「漁夫と子供ら」「厭世思想」「山猫」「女と蒼鷺」、さらに第三年第八号（通巻第十七号　大正十四年八月）の「島」「ゐもり」へと続く。これらはいずれも詩のスタイルをとりながら、ある物語性を秘めている。これらの散文詩からうかがえるのは、自分の中にある想念を何らかの形で吐き出したいという強い衝動である。したがって、物語性といっても練りに練られたものでなく、あっさりとしたものである。しかし、何か奇抜なものを表現したいという野心が見える。そうした蔵原伸二郎の散文詩には久野豊彦らのモダニズムの影響がある。

ところで、伸二郎の散文詩に「ゐもり」がある。ゐもりは既に見たように、伸二郎の詩に多く出てくる。だが、散文詩のゐもりは珍しい。『葡萄園』第三年第八号（通巻第十七号　大正十四年八月）に掲載されている（注1）。それは次のとおり。

いなかの小児らのあやしい記憶はさけぶ。一っさんに日没の野べを走りながらさけぶのだ。日くれて遠い野遊びの帰りに、つりがね草の花がさみしく光り、山の湖水もしだいに暗く光ってくる。

そうして、岸辺をとほる小児らは、そこに、むらがり這ひまはりおよいでゐる赤腹のゐもりを怖れる。

なぜといふに小児は真夜中の孤独な夢のなかで、あるひはよあけにちかく、家々の障子に、大きなゐもりの影のありありと映るのを見るからである。

それゆえに、遠い山中、湖の岸辺をとほって家に帰る、これらの不幸な小児のあやしい信仰は、悲しげに赤い日没の野べを走りながら泣きさけぶのである。

郷土の信仰は花のような小児の夢に、くらい影を投射する。

だが、小児らよ
さびしがらずに、はやく家に帰るがよいよ。
母の乳房は、あたたかく熟れて
山かげの家々には　ランプの灯が　はなやかに　輝いてゐるではないか。
小児らよ　さびしがらずに帰るがよいよ。

この散文詩「ゐもり」は仲二郎の幼時の記憶に基づくものと思われる。内容はメルヘン的で、末尾の五行（「だが、小児らよ」以下、最終行まで）はそれまでのやや暗いイメージを明るいイメージに転換する。赤腹のゐもりは生臭くて怖いというイメージではなく、神々しいほど美しく、時にはユーモラスな感じをもたらす。小児とゐもりのかかわりをさらに繊細に描いてゆけば、井伏鱒二の作品「山椒魚」を詩にしたような作品になる。

18

ところで、大正末期から昭和初期にかけての詩壇の状況を見ておこう。

大正末期の詩壇には民衆詩派というグループがあった。人生的生活的な詩をたくさん作った。観念と感情の自然な発露を目指すものだった。また、いっぽう、短歌的な伝統をふまえた詩的情緒をめざす抒情詩人たちのグループがあった。これら二つのグループの主義主張に反抗し、新しい詩を目ざして起ち上がった集団がある。その一つは岡本潤、萩原恭次郎、壺井繁治らの『赤と黒』グループであり、もう一つは北川冬彦、安西冬衛、瀧口武士らの『亞』グループである。詩誌『赤と黒』の創刊は大正十二年（一九二三）一月であり、詩誌『亞』の創刊は大正十三年（一九二四）一月である。この二つのグループはその運動の仕方や詩精神の上で微妙な違いがあるが、散文詩における行分けの否定や、低調な抒情の否定などの点で共通する所があった。

特に詩誌『亞』に参加した北川冬彦は「短詩運動」を提唱し、民衆詩派の詩の「冗漫と蕪雑」を攻撃し、詩の「純化と緊密化」をはかった。これは北川の論考「新散文詩への道——新しい詩と詩人——」（『詩と詩論』一九二九年・昭和四年三月）に詳しく述べられている。大正十四年（一九二五）一月に出版された北川の詩集『三半規管喪失』（至上芸術社）や翌年十月刊行の詩集『検温器と花』（ミスマル社）は、そのような短詩運動の成果収穫である。なお、北川は自分の提唱する短詩を「新散文詩」と名付けている。

北川の短詩（新散文詩）は次のとおり。

瞰下景（かんかけい）

ビルディングのてっぺんから見下ろすと、電車・自動車・人間がうごめいてゐる。眼玉が、地べたにひっつきさうだ。（『三半規管喪失』より）

ラッシュ・アワー

改札口で
指が切符と一緒に切られた。
(『検温器と花』より)

やがて、時代は大正から昭和へと移り、詩誌『詩と詩論』が昭和三年(一九二八)九月、創刊される。この詩誌はエスプリ・ヌウボウ(新詩精神)を提唱した。北川はこの『詩と詩論』でも同人として名を連ねた。
北川が『詩と詩論』で発表した詩は次のとおり。

平原

平原の果てには、軍団が害虫のやうに蝟集(ゐしふ)してゐた。

馬

軍港を内臓してゐる。

大軍叱咤

将軍の股は延びた、軍刀のやうに。
毛むくぢやらの脚首には、花のやうな支那の淫売婦がぶら下がってゐる
黄塵に汚れた機密費。

これらの詩篇「平原」「馬」「大軍叱咤」はすべて詩集『戦争』（厚生閣書店　昭和四年十月）に所収された。池田克己は『現代詩鑑賞　昭和篇』（第二書房　一九五一年二月）所収の解説「北川冬彦篇」で、これらの詩は「言葉の韻律を極度に斥け」、「周密に計算された」言葉によってメカニカルに「構築」「操作」された詩であると評している。

昭和五年（一九三〇）六月創刊の詩誌『詩・現実』あたりから北川は、短詩（新散文詩）によ

る「現実主義の詩運動」を展開するようになる。

北川による短詩（新散文詩）の理論は次のとおり。この詩は作るのが非常に難しい。よほど緊張し、かつ、充満した詩精神を持続しなければならない。そうでないと、作品は散文に堕してしまう。散文の中に畳み込まれる「詩的イメージ」を生み出す詩精神が大切である。散文の中に詩精神を追いつめて行け！　そうすれば、いつの日か純粋な詩的結晶が生まれる。このような実験運動を北川は続けたのである。その成果は前掲の詩集『戦争』（一九二九年）と『氷』（蒲田書房　一九三三年十一月）に収められている。

19

もう一つの詩グループを見てみよう。詩誌『赤と黒』のグループは当時、「黒き犯人」や「詩壇のテロリスト」などと不気味な名で呼ばれたが、注目を浴びたのはアナーキズムの性格である。詩においてアバンギャルド運動の意識的な実践として、このグループは当時の微温的な詩壇に大きな揺さぶりをかけた。この点で非常に意義深いグループである。

自動車に轢き潰された眼玉！
黒旗と白い墓標の交叉！
　飾窓が破れる！
　キャフェが炎え上る
　　泥靴　電車　ビルヂイング

（＊原典の表記は、電車は下から横書き、ビルヂイングは下から上へ書く。）

　電気仕掛の群集　群集　群集
投げる！叫ぶ！踊る！逃げる！滑走する！
R――――A
R――――A
白昼！　激しい復讐の意志は虐殺されて
――雑踏の十字街に白い腹を曝した
――あらゆる陰謀と術策の仮装行列が
――どこでも凱歌をあげて乱舞してゐる

これは詩誌『赤と黒』に載ったものではないが、『赤と黒』の中心メンバー岡本潤の作品である。『赤と黒』の後継誌『ダムダム』創刊号（大正十三年十月）に載った岡本の作品「陰謀と術策の仮装行列」の終りの四連と五連である（注2）。岡本によればこの詩は「和田久太郎が福田大将を狙撃して果たさなかったときのこと」をモチーフとしているとのことである（岡本潤『詩人の運命』立風書房　一九七四年四月）。それはともかくとして、この詩は当時の未来派、ダダイズム、表現主義などの影響がみられる新鮮な現代詩である。

北川冬彦や岡本潤はこのような詩法の模索や実験を繰り返しながら現代詩への新しい道を切り開いて行った。

ところで、こうした詩壇の状況の中で蔵原伸二郎は北川や岡本らの運動と思想に何ら接触することが無かったのであろうか。

20

蔵原伸二郎には萩原朔太郎や日夏耿之介の影響が大きい。その影響は長く続いた。しかし彼はそれを出ないというわけではなかった。不思議なことだが、伸二郎にはダダイズム、ダダイストとの接触があった。それは高橋新吉を通してである。そして、高橋新吉を通して中原中也とも会っている。それは昭和三年（一九二八）の頃である。

仲二郎は当時、文芸誌『葡萄園』に所属していたが、『葡萄園』がだれ気味の状態になって来たので『文芸都市』（昭和三年二月創刊）の同人になった。

この雑誌『文芸都市』は昭和三年（一九二八）一月に発足した「新人倶楽部」の機関誌として刊行されたものである。当時、左翼系の文学者（小説家・詩人）が多く、同人雑誌も左翼系のものが多かった。それで、非左翼系の文学者が集まって「新人倶楽部」という団体を作り、機関誌『文芸都市』を刊行したのである。

この『文芸都市』に「同人にならないか」と仲二郎を誘ったのは井伏鱒二である。井伏は仲二郎の活躍を『葡萄園』『三田文学』『不同調』『手帖』等でよく知っていた。また、井伏は昭和二年（一九二七）九月から杉並の下井草に住むようになり、仲二郎の住まい（阿佐ヶ谷）と近くなった。こうした事情から井伏は仲二郎に「新人倶楽部」への加入を勧めた。

また、これ以後、井伏は富沢有為男（ういお）の紹介で『三田文学』に作品「鯉」を発表して仲二郎との付き合いが深まった。

井伏と蔵原仲二郎との付き合いは井伏の方が一歳半年上であったこともあり、仲二郎にとって井伏は兄貴のような存在だった。

21

井伏鱒二と蔵原伸二郎は、伸二郎の家の近くの飲み屋でよく飲んだ。当時井伏は『世紀』『陣痛時代』等の同人雑誌に傑作を書き、かなり注目されていた。しかし、酒を飲むと「俺は左翼作家になるか、大酒飲むかどちらかだわい」とくだを巻いた。それほど当時はマルキシズムの文学が大流行だった。

また、伸二郎はある時、二十五円の借金が返せなくて困っていた。借金の保証人が井伏だった。貸主は伸二郎が金を返さないので井伏の所へ行った。すると井伏も二十五円を用意することができなかった。そして井伏は真っ青な顔をして伸二郎の家にやって来た、「おい、困ったよ。俺も金、用意できないんだ」。

その後、これは懐かしい青春の思い出となった。当時は二人とも、たいそう貧乏だった。いや、貧乏だったのは二人だけではない。当時の若い文学者はたいてい、貧しかった。同人雑誌を何度も休刊にしたり廃刊にしたりした。また、金が無いのに喫茶店や酒場によく出入りした。そして、若いメイドの前で得意げに、ボードレール、チェーホフ、スタンダールなどを論じていた。「俺はいつかは大作家になるぞ！」「俺はいつかは有名な詩人になる！」そのように意気込み、みんなと大笑いしながら時間を過ごしていた。

このような交友の中で、仲二郎はダダイスト高橋新吉と出会う。

高橋新吉は辻潤の編集による詩集『ダダイスト新吉の詩』（中央美術社　一九二三年二月）で名を馳せ、しかも神戸雄一らの同人誌『ダムダム』にも参加しダダイスト詩人として知られていた。

当時、ダダイストやアナーキストのたまり場であった南天堂は小石川区の白山坂上にあった。南天堂の一階が書店で、二階がレストランだった。その二階が彼らのたまり場だった。蔵原伸二郎の関係する雑誌『葡萄園』は発売所を南天堂書店にしていた。また、『葡萄園』の印刷所は抒情詩社印刷部から沖田印刷所へ変わるが、どちらの印刷所も小石川区にあった。そうしたことから仲二郎は印刷所に行き来する途中、南天堂に立ち寄り高橋新吉と会った。

また、仲二郎は昭和三年（一九二八）頃、新宿の薄汚い三文バーで中原中也に会った。中也は辻潤や高橋新吉をよく知っていて、その日も中也は新吉と酒を飲んでいた。そこへ仲二郎が入って行った。その時のことを仲二郎はこう綴っている。

> 十八、九の少年中原は、もう大分酔っていて、居合わした誰かれにあまりに率直すぎる暴言を吐いていたのを思い出す。ダダイスト中原中也の名は、もう若い詩人の仲間では有

名だった（注3）。

この時の中也の風貌と態度は、二十九歳の伸二郎にはきわめて印象的であり、以後脳裏に焼き付いて離れなかった。それは二十になるかならぬかの若さでありながら詩人として有名になりつつあった中也と、壮年期に入りつつ小説家・詩人として未だ芽の出ない自分との比較から生じる悲哀感のゆえである。

蔵原伸二郎は当時、小説家として立つか、それとも、詩人として立つか定まっていなかった。彼は単行本一冊（『猫のゐる風景』）を持つという恵まれた要素を有していたが、この頃から自分の書く小説への限界や疑問を感じ始めていた。つまり、自分の書く小説に行き詰まりを感じ始めていた。それは友人で先輩の井伏鱒二が水を得た魚の如く、自分の才能を開花させていくのと対照的だったからである。

22

ところで、『葡萄園』時代の蔵原伸二郎の散文詩の話にもどる。伸二郎の散文詩は北川冬彦の「新散文詩」とあまりかかわりを持たない。伸二郎は自身の散文詩をCinerio（シナリオ）と称しているが、正確にはScenarioである。シナリオは映画などの脚本のことである。彼は自分の作品が映画や演劇の脚本になるかということよりも、これらの散文詩が散文（短篇小説）になり得るかということで作った。

シナリオと名付けた彼の作品は『葡萄園』通巻第十八号（第三年第十一号　大正十四年十一月）に掲載の「逃走」と、通巻第十九号（第三年第十二号　大正十四年十二月）に掲載の「陸橋」である。前者の「逃走」は実は、「逃走」と「赤ん坊と山猫」という二作から成り立っている。便宜上、二作の代表として総題を「逃走」としたのである。後日刊行される単行本『猫のゐる風景』（昭和二年十一月）に所収されるのは「逃走」だけであり、「赤ん坊と山猫」「陸橋」の二作は未収録である。

「陸橋」には当時の蔵原伸二郎の様子がよく描かれているので以下、引用する。

●商売奪はれて一週間目だ。蒼ざめた彼だ。今日も職を都会へ、探した。が、どこも青白い労働者で満員だ。憔悴の影みなぎってゐる。そうそう手早く、彼に職の有らう筈がない。

餓えて陸橋渡ってくる。蹌踉（さうらう）としてゐる。早（はや）、精根尽きかけたのであらう。

●夜天に、遠く、女房の顔だ。映ってゐる。頬こけて、赤児（あかご）抱いてゐる。

すべてこのような調子で、畳みかけるように展開していく。接続詞をほとんど使わず、文字によって浮かび上がる視覚的イメージに依拠する方法である。

ここに描かれているのは作者伸二郎の実生活である。彼の商売は物書きである。彼はすでに結婚し、生まれたばかりの子どもを抱えていた。そして、世の中はたいへんな不景気であり、大学を中途退学した彼に職は見つからなかった。いや当時は、大学を卒業した人にも職はなかなか見つからなかった。妻と子を抱え、先の見通しの立たない日が続いた。文筆だけでは暮らしていける金が充分でない。また、作品を書き上げても金は入ってこない。彼は苦しんでいた。

前掲の文章の続きは次のとおり。

●いきなり、駆け出した。黒い影だ。月に顔向けて。走ってゆく。右手に、包丁だ。寂しく、光ってゐる。黒い獣だ。街角曲（まが）った。影、追ってゆく。闇を、すべる刃（やいば）の匂い！

皓々（かうかう）とした月夜を、遠く、木枯しが吠えてゐる。

●影と刃だ。風のように、さつ、さつ、飛んでゆく。夜天高く、かかってゐる。遠い、陸橋の上だ。と、真（ま）っ逆（さか）さまである。一直線に、中空、切って、墜落した。刃と影である。一瞬間である。

●陸橋には、月が首かかってゐる。

●女房は、ランプの影に、何も知らないのである。子ども抱いて、うつら、うつら、戸外の風音、きいてゐる。漸（やう）やく、眠り、更（ふ）けたのであらう。

彼の現実生活を素材としてこのような作品が生まれた。私小説の材料となる出来事である。こうした散文は伸二郎自らが「シナリオ」と名付けているが、実のシナリオでもなく、コントでもなく、何とも奇妙な形式の文章である。

このような奇妙な形式の文章を伸二郎に書かせたのは、当時の社会的現実である。文壇進出への焦燥、生計維持の不安と懊悩、そのような中から奇妙な文章が生まれた。

注

（1）散文詩「ゐもり」は後に、蔵原伸二郎の随筆集『風物記』（ぐろりあ・そさえて　一九四〇年九月）に所収された。初出との異同は二箇所あるが、他は仮名遣いの違いである。

（2）岡本潤のこの詩は、アナーキストの和田久太郎が福田雅太郎大将（関東大震災当時、関東戒厳司令官）を狙撃したが失敗に終わった時のことを素材としている。この事件の後、ギロチン社（アナーキストらの集団組織）による爆弾事件が発覚し、アナーキストらに対する弾圧が一層厳しくなった。
この詩「陰謀と術策の仮装行列」はのち、岡本の詩集『夜から朝へ』（素人社書屋　一九二八年一月）に収録。その詩は初出の詩とだいぶ、異なっている。引用の該当箇所は次のとおり。

　自動車に轢(ひ)きつぶされた眼玉！
黒旗と白い墓標の交叉！
切断された電線――――――――十字街
空間に回転する車体
群集　群集　群集　群集　群集！
投げる！　叫ぶ！　踊る！　逃げる！　滑走する！

白昼！
　激しい復讐の意志は虐殺された！
××××××××！
あらゆる陰謀と術策の仮装行列が
どこでも凱歌をあげて乱舞してゐる

（3）蔵原伸二郎「解説　中原中也篇」（第二書房刊『現代詩鑑賞　下巻』一九五二年六月）。

第六章　小説の習作　――『三田文学』等で発表――

23

さて、蔵原伸二郎はシナリオ形式の散文を経て、やっと本格的に小説を書くようになる。つまり、前掲のシナリオ形式散文は詩から小説へ展開する伸二郎の過渡期の作品である。伸二郎が本格的に小説を書くようになるのは『葡萄園』通巻第二十一号（第四年第二号　大正十五年二月）の「狐」からである。

これ以後の伸二郎の小説作品は次のとおり（注1）。通巻第二十二号（第四年第四号　大正十五年四月）の「自殺者」、通巻第二十三号（第四年第五号　大正十五年五月）の「浮浪者」、通巻第二十四号（第四年第六号　大正十五年六月）の「鏡の底」、通巻第二十五号（第四年第七号　大正十五年七月）の「猿」、通巻第二十六号（第四年第十一号　大正十五年十一月）の「蒼鷺」、このように伸二郎は休みなく作品を書いていく。そして、「自殺者」「鏡の底」「蒼鷺」の三篇は後日、単行本『猫のゐる風景』（昭和二年十一月）に所収される。

ところで、『葡萄園』に発表した伸二郎の作品は『三田文学』その他の雑誌で取り上げられ、好評だった。そして、単行本『猫のゐる風景』（昭和二年十一月）所収の半分以上の作品は『葡萄園』に発表したものである。詩→散文詩、シナリオ→小説と歩んできた伸二郎において、創作熱の一つの頂点を示すのが単行本『猫のゐる風景』である。

ところで、『猫のゐる風景』に所収されなかった散文作品について見ておく。具体的には「狐」「浮浪者」「猿」の三作品である。

小説「狐」は『葡萄園』通巻第二十一号（第四年第二号　大正十五年二月）に掲載された作品であり、小説「浮浪者」は『葡萄園』通巻第二十三号（第四年第五号　大正十五年五月）に掲載された。さらに、小説「猿」は『葡萄園』通巻第二十五号（第四年第七号　大正十五年七月）に掲載された。

小説「狐」は次のような作品である。これは、狐つきの怪異譚である。借金取りの男がいて、名は五郎作という。五郎作は狐を飼っている。強欲な五郎作はいろんな人から軽蔑され罵倒されている。五郎作はその仕返しに、彼らに狐を付きまとわせ、一家を破滅させてしまう。ある時、五郎作は村の爺さんに狐をとりつかせる。人柄が変わってしまった爺さんを息子の甚作が鉈(なた)で打ち殺す。これは悲劇的な話であるが、作品にはニヒリズムが漂っている。どうしようもない村の現実である。貧者はいつまでも貧者であり、金持ちはいつまでも金持ちであるという現実を示している。貧者にいつかは暖かい陽が当たるという前向きな調子が見られない。悲惨な現実を諦めるしかないという陰惨な空気が漂っている。

蔵原伸二郎の友人久野豊彦はいつも伸二郎がプロレタリア小説の域に突入するのではないかと予想していた（注2）。

確かにこのような小説はプロレタリア小説と似通う要素を持っている。

しかし、よく考えてみると当時の蔵原伸二郎は久野が怖れるようなプロレタリア性を持っていなかった。貧乏人小説は当時の彼の生活現実そのままであり、いわば私小説であった。彼は貧乏人の生活現実を社会的意識で眺めようとしていない。また、それをリアリズムで描写することもせず、牧歌的な村の空気の中でさらりと流しているのだ。

別の小説「浮浪者」を見てみよう。これは舞台を上海（シャンハイ）近くの呉淞（ウースン）に設定していて、エキゾチックな雰囲気が漂っている。主人公の私は呉淞（ウースン）の波止場でスリを働いている。その相棒がイゴールであるが、ある時、イゴールは阿片（あへん）中毒で死ぬ。死んだイゴールのポケットをまさぐりながら私は彼を知った頃へと回想する。回想を終えて私は、波止場のベンチで野良犬のようにして死んだイゴールを思い浮かべる。そして、私は自分も阿片にやられていることを知り、愕然とする。その続きは次のとおり。

私はごろりと冷たい床の上に寝てしまった。と、床の上に阿片の管（キセル）が悠然と転がってゐるではないか。親しく話しかけそうにある。私は手を伸ばした。が、たった今、決心したばかりではないか。私はさそわれた。のまない方が苦しいんだ！

火をつけた。じいじい音をたてて、煙が出てきた。煙の消滅していく方向に、いつも、イゴールの青ざめたすがたが駱駝（らくだ）の様（やう）にうろついてゐる。

小説「浮浪者」も「狐」と同様、貧民が主人公である。しかし、プロレタリア小説にはならない。イゴールの「青ざめたすがた」を漂わせ、一種の詩的小説である。評論家の勝本清一郎は『三田文学』大正十五年（一九二六）十月号の「編輯後記」で意外にも『葡萄園』通巻第四年第五号（大正十五年五月）掲載のこの作品「浮浪者」を取り上げ、この作品の作者は「詩に於（おい）て特異な境地を持ってゐる、それが小説の上にも」投影して、「なかなかできばえのいい作（だ）」と讃えている。

24

ところで、小説「浮浪者」以後、伸二郎には「中国物」と称する作品が多く現れてくる。そして、作品の中には上海辺り(あた)の風景やその街の雰囲気が描かれる。それはなぜなのだろう。

そこで思いつくのは伸二郎の兄惟邦(これくに)が上海で医者を行っていたことである。母が兄のいる上海に行き、そこで病状が悪化し、伸二郎は見舞に出かけた。それは大正十二年（一九二三）のことだった。そして、それ以後、伸二郎はたびたび、上海に出かけた。

参考までに伸二郎が行った中国旅行のことについて少し記す。彼が最も長い中国旅行を行ったのは昭和六年（一九三一）である。この年、六月から九月まで約三ヶ月、上海に滞在した。滞在中、最も大きな旅行は船旅である。上海から船に乗り揚子江を上る。まず南京、次に蕪湖、安慶を経て漢口（武漢の一地区）に到着する。そして、漢口から黄鶴山に登り、李白らの詩で有名な黄鶴楼を見学した。この船旅は一週間以上である。なにしろ、上海から漢口に着くまで船で三日かかった。そして、漢口に五日ほど滞在した。漢口には当時、日本人学校があり、そこに勤める知人が伸二郎を黄鶴楼に案内してくれたのである。

さて、小説「浮浪者」以後の伸二郎の小説に「猿」がある。これは『葡萄園』通巻第二十五号（第四年第七号　大正十五年七月）に発表された。なお、この作品は後、単行本『目白師』（ぐろりあ・そさえて　昭和十四年十月）に所収される。

この作品には、「私」という人物が登場するが、主要人物は岑という中国籍の男である。岑は猿使いの若者で、ある時世にも珍しく美しい猿をつかまえた。その猿に芸を仕込み金を稼いだ。岑は女郎の青々と会うようになり、ある時、彼女の部屋に猿を連れて行った。そして、岑は青々の部屋で寝てしまったが、目覚めると、どういうわけか青々は死んでいた。そんな話を私は北京で阿片を飲みながら、岑から聞かされた。それから、私は日本に帰った。ある日、子どもを連れて動物園に行った。そして、美しい猿を見つけた。檻の掛札に「ベルベット猿　支那産」と書いてあった。それはあの岑の飼っていた猿だった。

私は動物園の飼育係の男と話をした。その男が言った、「猿類は、春秋二回の思春期には、全く思ひ上った事をするのですよ。」

この後、作品の続きは次のとおり。

> 私は言った、「人間と同じですね。は、は、は……」
> その人も、カウ、カウ、カ……と、鴉（カラス）のようにいつまでも笑っているのである。が、私は、ふと女房を持ったころを思い出したのである。で、急にまた陰気になってしまった。そして、今朝からのあのみじめな気持になって動物園を出たのであった。

――あ、なまじっか、女房子ども、持ってみろ！

私の女房も、その思春期の思い上った結果であったかもしれない。私はしみじみ生活のことを考えた。そして、思ったのである。

――岑の猿は、だが全く幸福である。

仲二郎は若い小説家の集まりの中で、時々、「結婚したが、人生ずいぶん退屈だねえ。」と不満を述べていた。「追従の習癖」と「世渡りの才智」を持って実に巧みに世の中を渡る連中に自分はなれないと彼は自覚していた。

そして、自尊心は高かった。

前掲「猿」に次の箇所がある。

私は歩きながら苦笑したのである。そして思ったことだ、俺はじっさい馬鹿だよ！　しかし、私は吠えている獅子の前に来ると、再び何とも言えず気持よくなったのである。本当の仲間に会ったような気がした。人間という奴は、みんな陰険で胸糞が悪いが、動物の前に来ると何とも言えず好い気持ちになると、そう思ったのである。

これは作品の終りの部分で、主人公の私が子どもを連れて動物園に行った時のことである。「人間という奴は、みんな陰険で胸糞が悪い」と言う主人公は具体的に誰を嫌っていたのであろうか。

それを探究する文献がある。当時の蔵原伸二郎を物語る紹介文である。『文芸都市』昭和四年（一九二九）一月号に載った「同人印象　蔵原伸二郎」がその一つであり、もう一つは『三田文学』同年二月号に載った「蔵原伸二郎の横顔」である。

「同人印象　蔵原伸二郎」には井伏鱒二と小田武夫（＊嶽夫）が、「蔵原伸二郎の横顔」には久野豊彦、井伏鱒二、小田武夫、花岡洋一がそれぞれ執筆している。両方に執筆しているのは井伏鱒二と小田武夫である。

その内容で注目すべきは、両方に執筆している井伏と小田である。

小田武夫の文章はその題名の副題に内容が顕著に出ている。「同人印象　蔵原伸二郎」（『文芸都市』一九二九年一月）の小田の文章の副題は「跳躍せる狼」であり、「蔵原伸二郎の横顔」（『三田文学』一九二九年二月号）の小田の文章の副題は「獣の生れ変り?」である。これは伸二郎の作風にかかわる本質的なエッセイである。

それに対して井伏鱒二の文章は副題からして奇妙である。「同人印象　蔵原伸二郎」（『文芸都市』一九二九年一月）の文章の副題は「或ひは失言」であり、「蔵原伸二郎の横顔」（『三田文学』

一九二九年二月号）の文章の副題は「失礼な挿話」である。これは断片的なスケッチで、いい加減な調子の雑文である。

井伏の文章「或ひは失言」は次のとおり。ある時、伸二郎は井伏に俺の持っている鳥籠を買わないかと持ちかけた。その後、井伏は古道具屋で五十銭という正札の付いている鳥籠を見つけた。一つ五十銭で譲ると言った。その鳥籠は堅牢であり、格好もよかった。それは伸二郎が譲ると言った鳥籠よりはずいぶん粗悪で、格子が二本折れていた。

そして井伏は伸二郎にこう言った、「僕は古道具屋で見たが、君の持ってゐる鳥籠よりも立派で大きいのを四十銭で売ってゐるのを知ってゐる。そこに君の言ふのとはよほどの開きがあるやうだね。」

すると伸二郎は「うそだ、うそだ、それはうそだ。」と井伏の言葉を一生懸命否定した。「しかし、彼が狼狽してゐたことは事実である。」と井伏は、真っ赤な顔で抗弁する伸二郎の姿を意地悪くとらえ、笑って眺めていた。

伸二郎の言った「俺の鳥籠五十銭」を試すような井伏のやり方は彼流のユーモアなのかもしれない。しかし、いっこくものですぐムキになる伸二郎の性情と、それをからかう井伏はかみ合うものでなかった。

井伏のもう一つの文章「失礼な挿話」は次のとおり。井伏が伸二郎の家に行くと、新しく買った陶器を見せられた。その陶器について井伏があれこれ意見を述べると、「彼は逸早(いちはや)く憂鬱な顔つきになってしまふ」と彼は記す。それは井伏の批評があてずっぽうだからという理由もあるが、伸二郎の度量の狭さにも原因があると井伏は婉曲的に批判している。

また井伏は伸二郎の印象を次のように記している。

私は彼の生活を見て、彼にこそまだ仕官しない立派な軍学者の風貌があるやうに思ふ。どこからどこまでも彼は浪人くさい。そして、いっこくなところがある。

これは蔵原伸二郎の風貌をよくとらえた文章である。まさにこのとおり、と伸二郎を知る人は思うだろう。皮肉を込めたブラックなユーモアがわからない男、自分の識見を披露することに喜びを感じる男、他人の意見にあまり耳を開こうとしない男、自尊心が強く、いっこくもので柔軟性のない男。井伏の眼に映った蔵原伸二郎の印象はこのようなものであった。

文壇という世界で「立派な軍学者」のような蔵原伸二郎が果たしてうまく生きられるかどうか、井伏の眼にはおぼつかなく見えた。

ねちねちと絡まりつつ執拗に生きるという粘着性は井伏に見られるが、伸二郎には欠けていた。二人の人間性の相違は、包容力のある井伏にある程度支えられ、仲間友だちとして存続していた。しかし、伸二郎の方から井伏を嫌悪するようになると、二人の溝は埋められなくなる。こうして井伏と蔵原は別々の道を歩むようになる（注3）。

25

水上滝太郎は自ら主催した文学懇談会「水曜会」の席上で作家志望の青年によく次のように呼びかけたという。「〇〇君、わるい奴でいい小説を書くのと、いい奴でつまらない小説を書くのと、どっちをとる?」

この水曜会に出席したことのある今井達夫はその思い出を次のように記している。

> お酒やビールの出るその夕食会の席上で、おだやかに交される先輩たちの会話のなかから教えられることがたくさんあり、それがたのしみだった。それがたのしみで、末輩の僕は遠慮することなく席につらなったのだが、今にすればこの無遠慮を尊重したい気持で一杯である。

文学上の話はここに書ききれないが、ひとつだけ記すことにすると、

「今井君、わるい奴でいい小説を書くのと、いい奴でつまらない小説を書くのと、どっちをとる?」

いきなりそんな質問を浴びせかけられて、返事に窮した記憶がある。久保田さんのこの質問は、長い間、現在ですら僕を悩ましている(注4)。

文中の「久保田さん」とは、久保田万太郎である。久保田は先輩の水上滝太郎を第二期『三田文学』の「精神的主幹」と呼び崇拝した。それ故、若い今井達夫に先輩の水上滝太郎の言をそのまま用いてアドバイスしたのである。

当時(昭和の初めから十年頃まで)はプロレタリア文学の最盛期で、芸術派作家の発表舞台としては『新潮』『作品』など数えるほどしかなかった。その中で『三田文学』は芸術派作家志望の青年に、のびのびとした発表舞台を与えた。

水上滝太郎から久保田万太郎へと伝授されたこの分類法は実に興味深い。この分類法を用いて当時の蔵原伸二郎を測定すると、彼は「いい奴でつまらない小説を書く」タイプとなる。そして、確かに彼は「いい奴」であったが、彼の書く小説は目立たなかった。伸二郎はプロレタリア文学が退潮する時を待たずに、小説をやめてしまう。

プロレタリア文学が退潮する時まで待って、小説を粘り強く書き続けたのは井伏鱒二である。

前掲の分類法に従うと、「わるい奴でいい小説を書く」タイプということになる。この分類を聞いたら井伏は苦笑するであろう。しかし、「わるい奴」という言葉を、しぶとくて粘り強い、また、文壇処世術が巧妙というくらいの意味で解するとすれば、的はずれではない。

水上滝太郎や久保田万太郎が小説家志望の青年に言った言葉の真意は、このようなところにある。「わるい奴でいい小説を書く」というのは、人間性は悪くて堕落しても、「本物の文学」を書く覚悟があるか、そのことを確かめることだった。そして、「いい奴でつまらない小説を書く」タイプというのは、人間性の純粋さは失わず真面目であるが、趣味の域を出ない程度の作品しか書けない奴という意味である。

平凡な人間の眼からすれば、「いい奴でつまらない小説を書く」タイプは早々に小説を書くのをやめて別の仕事をすればよいと思うかもしれない。しかし、当事者の心境からすれば、なかなかそう簡単に鞍替えできないというのが実情である。文学の魔力に引きずられてどこまでも歩いて行くというのが文学青年の実情である。

注

（1）蔵原伸二郎の作品「浮浪者」と「猿」は後に、単行本『目白師』（ぐろりあ・そさえて　一九三九年十月）に所収される。但し、「狐」は未収録である。「浮浪者」は「浮浪児」と改題され、細部に相当な補筆、改筆が行われている。筋はほとんど変わらないが、終末の箇所を縮めて、こぢんまりとまとめたという具合である。伸二郎の推敲の仕方がよく理解できる。

また、「猿」は、こぢんまりとまとめ過ぎている。細部の描写は初出のものより良くなっているが、全体から見ると貧弱になったという感がする。岑生（初出では岑）が語る猿の話が中心になっている。初出の作品では岑が語る猿の話があり、しかも、それに終始するというものではない。その猿に日本に帰った「私」が動物園で邂逅し、合わせて現在の我が生活と意見が開陳されるという、後日譚を作品構成の中にしっかりと盛り込んでいる。しかし、『目白師』所収の作品「猿」はその後日譚をカットしている。岑生（初出では岑）が語る猿の話だけにしている。しかし、この後日譚を丁寧に推敲しながら甦らせば作品全体がさらに広がりのある、価値ある作品になったことは疑い得ない。

ちなみに言うと、作品「猿」は初出の『葡萄園』では【一】【二】【三】と三部構成になっているが、『目白師』では『葡萄園』掲載の【二】のみを改稿して載せている。

（2）久野豊彦「六号雑記」（『三田文学』昭和二年一月）と久野豊彦「裏側の花・獣・人」（『三田文学』昭和三年二月）を参照。

（3）井伏鱒二と蔵原伸二郎は決定的な仲違いをしたというのではない。太平洋戦争後、井伏は文壇で益々浮上していくが、蔵原は下降するばかりだった。双方に以前のような親交は無かった。蔵原は埼玉の西部、飯能の地で活躍を始める。それはもっぱら詩の創作と、陶磁器などの鑑賞である。

（4）今井達夫「思い出断片」（『三田文学』一九六〇年五月号）。今井は作品「ペリコ音楽舞踊学校」等の作品で登場した第二次『三田文学』の作家である。今井には伝記小説『水上滝太郎』（フジ出版社一九六八年十二月）がある。

第七章　昭和初期の小説家デビュー『猫のゐる風景』出版

26

大正時代末期から昭和時代初期にかけての文学状況を眺めてみる。この中に蔵原伸二郎の存在がうかがえる。

大正時代末期に未曽有の同人雑誌ブームがあった。それは第一次世界大戦に我が国が連合国軍の軍需廠（ぐんじゅしょう）（軍隊が必要とする、壁のない建物）的な役割を果たしたことによってもたらされた好景気と関連する。浅見淵の『史伝　早稲田文学』（新潮社　一九七四年二月）によれば、第一次世界大戦後に続出した成金や中産階級の金銭的余裕から若者（旧制中学校や女学校を卒業した連中）には芸術（文学、絵画、音楽）や哲学を志望する者が多かったという。そして、未曽有の同人雑誌ブームが起った。たくさんの同人雑誌の中からポピュラーなものを挙げると『辻馬車』『青空』『街』『新思潮』『驢馬』などである。

『辻馬車』は大正十四年（一九二五）三月の創刊で、藤沢桓夫（たけお）、武田麟太郎らの旧制大阪高校出身者を中心に大阪の波屋書房から半商業雑誌として刊行されていた。

『青空』は大正十四年（一九二五）一月の創刊で、同人は京都の旧制三高出身者である。梶井基次郎、中谷孝雄、外村繁、少し遅れて三好達治、淀野隆三が参加した。創刊号に梶井の作品「檸檬」が載って世の注目を浴びた。

『街』は大正十四年（一九二五）四月の創刊で、同人は二年前（大正十二年）の春、早稲田第一高等学院に入学した連中で田畑修一郎、玉井雅夫（後の火野葦平）、坪田勝、寺崎浩、遅れて丹羽文雄が加わった。

『新思潮』は明治四十年（一九〇七）に第一次が創刊された伝統のある雑誌で、この時期の刊行は第七次（大正十三年）、八次（大正十三年）、九次（大正十五年）のものであるが、詳細は定かでない。手塚富雄や秋山六郎兵衛などが中心である。

『驢馬』は大正十五年（一九二六）四月の創刊で、室生犀星や芥川龍之介の庇護の下、中野重治、窪川鶴次郎、堀辰雄らが活躍した。

このような文学状況の中、新人作家の発掘が話題となり、まず『新潮』が大正十五年（一九二六）十月号を「新人号」として発行した。この反響が大きく、続いて『不同調』が昭和二年（一九二七）二月号を「新人号」として発行した。こうした文学状況の中、蔵原伸二郎は詩人というより新進小説家として登場する。

伸二郎は『新潮』の「新人号」(大正十五年十月号)には作品を発表しなかった。しかし、『葡萄園』や『三田文学』に作品を発表しているのでマスコミには注目されていた。それで、『新潮』新年号(昭和二年一月号)の第四十二回合評会には出席を要請された。合評会の題目は「新人の観たる既成文壇及既成作家」である。そして、『不同調』の「新人号」(昭和二年二月号)に小説「留学生鄭の話」を発表する。

27

そのような同人雑誌ブームの時代にあまり目立たず、わずか数冊で姿の消えた雑誌が幾らかある。その一つが『戦車』という勇ましい名前の文芸雑誌である。大正十五年(一九二六)二月の創刊で、終刊は未詳である。紅野敏郎の調査(注1)によれば全四冊まで確認されており、大正十五年八月まで出たことがわかっている。その大正十五年八月号に蔵原の小説「アレキサンドロフスクからきた女」が載っている。

この雑誌『戦車』大正十五年(一九二六)八月号を開いてみると、まず第一番に戸川貞雄の

「カナリヤ」という全二ページのエッセイふうの短篇が載っていて、次に蔵原の「アレキサンドロフスクからきた女」が載っている。これは全八ページの短篇小説である。その次に吉屋信子の短篇小説「美しきネクタイ」が載っている。これらは全て一段組みだが、その後に三段組みの短文が載っている。その一つが富田時郎の「ひつは・ほ・だだ」である。ダダイズム風のちょっと変わった文章である。シラノ・ド・ベルジュラックの鼻や芥川龍之介の『鼻』など人間の鼻の形に関する愉快なエッセイである。富田時郎は後に、映画製作に関する仕事を行う。

吉屋信子は『地の果まで』（大正八年）『海の極みまで』（大正十年～十二年）『空の彼方へ』（昭和二年～三年）など地・海・空を題名にした長篇三部作で有名になる。大正十五年はその中間期であり、既に二作を発表していた。

戸川貞雄は大正十三年（一九二四）『蠢く』（新潮社）を刊行したばかりである。東京から神奈川県の平塚に移住した。戸川の短篇「カナリヤ」は次のとおり。

「私」は駅の小荷物取扱所から荷物を受け取った。それは昨夜、東京でＭ・Ｍという若い奥さんから貰ったカナリヤである。奥さんは「お嫁に行くのね」と箱を覗いて鳥にさよならの言葉をかけた。そのことを「私」は覚えている。「私」は東京から汽車に乗り、家のある平塚の駅へ向かった。三月初旬で、霙か雪が降りそうな夜だった。平塚の駅に着くと小荷物取扱所から箱を受け取った。箱にはカナリヤが二羽入っている。「私」は箱を持って人力車に乗った。

外が寒いので「私」は膝の間に箱を挟み、膝掛けの毛布を抑えるようにして箱に掛けた。家に着くと、四歳の坊やは眠っていたが、目を覚ました。生まれて初めてカナリヤを見た坊やは「カナリヤちいちい、カナリヤちいちい」と繰り返して箱の周りを歩いた。「朝になって明るい所で見せたらどんなに喜ぶかな」と「私」は妻と微笑み合った。

翌朝、「私」は子どもに起こされた。「カナリヤちいちい、カナリヤちいちい」と言って子どもは箱の中を覗いている。「私」は子どもを抱きながら、箱の中を覗いた。すると、隅っこに一羽が死んでいた。昨日、箱の中の餌棚の暗い所にじっとしていたカナリヤだ。昨日と同じ所で坐り込むようになったままだ。昨夜の寒い中、暗い貨物車の隅で二時間ほど揺られながらやって来たカナリヤを初めて見た気がした。もう一羽のカナリヤは止まり木につんと姿勢を伸ばし、「黒い眼で忙しく」辺りを眺め回している。

この作品の末尾は次のとおり。

「死んだよ、一羽……」と、私は妻を呼びかけて云った。
妻は、それを贈物にしてくれたM・Mさんにすまないことをしたと云った。私は、それを昨夜貰った時、お嫁に行くのねと、箱の中を覗いて云ったM・Mの若い細君の言葉を思ひ出した。すまないことをしたと思った。

まだ温味(ぬくみ)の残つてゐる死骸を取り出して、掌(てのひら)に載せてゐるのを、子どもは見て頻(しき)りにカナリヤちいちいを繰り返した。

「死んだよ、死んだんだよ……」と、私が云っても、子どもは会得しなかった。死んだといふことを、私ははじめて子どもに云ひ聞かせることに気付いて、またすまないことをしたと思った……。

これは短篇ながら実に味わい深い作品である。

28

雑誌『戦車』大正十五年（一九二六）八月号に掲載の蔵原作品「アレキサンドロフスクからきた女」は、南国の故郷とは全く対照的な北国の地が舞台となっている。主人公の「私」は今そこに住んでいるが、「私」の生地は「火山の火が赤々と燃えてゐる山間の村」である。たぶん、九州熊本の阿蘇辺りであろう。しかし、どういうわけか今は「北海の果て」に暮らしている。ここは北海道のさびれた漁業町である。

父が死に今は老母と共に、ここで侘びしく暮らしている「私」は貧乏な青年文士である。そこへある日、若いロシアの女性二人が訪ねてくる。そのような設定である。

ボルシェビキという言葉が頻繁に出てくる。これはロシア語で多数派という意味であり、レーニンを指導者としてメンシェビキと対立したロシア社会民主労働党の左派のことである。三月革命後の臨時政府を支持せず、十一月革命を起こす。一九一八年、ボルシェビキはロシア共産党と名称変更する。

北海道の漁業町にやって来たロシア人女性はボルシェビキから逃れてきた人だろう。

前掲の青年文士はいつの間にか、文学という「得体の知れない化け物」に引き摺られ、「ごろつき」のような者になる。自分の書いた小説など誰も相手にしてくれないと悟った時、彼は生活に行き詰ってしまう。そのような彼は、ロシアのアレキサンドロフスクから来た女性が他人には見えず、つい、好意を寄せてしまう。彼女たちはボルシェビキから追われて南樺太に来て、さらにラシャ（羅紗）を売りながら北海道の小樽に来たようだ。彼女らはこの後、本州へ行くのだろう。「私」はそのように考える。

ロシアから来た二人の女性は、不思議なくらいに明るく元気である。彼女たちは日本の女性と比べると、「肉感的だ」と青年文士は感じる。また、「なんて美しい目だろう」と思う。

作品の末尾は次のとおり。

（前略）私はぼんやり、日暮れの遠い渚を眺めたのである。ほとんど日が暮れそめ、灰色に光る渚の汚物に、いっぱいに黒い鴉（カラス）が群がってゐて、騒々しく鳴き叫んでゐる。

私がその不吉な群れ鴉に近づくと、鴉どもは、ぱっと一せいに暗い空に舞ひ上がったが、私はふと、渚に打ち上げられた汚物や木の破片の間に、半分砂に埋もれた異様な猫の死骸を見たのである。

頭は半ば露出してゐて、怒ってゐるその口には長い棒がさしこんであった。

四五歩行き過ぎたかと思うと、もうその鴉の群れは猫の死骸にたかって、かまびすしく鳴き叫ぶのであった。

ドロドロした血腥い場面である。ロシア女性の明るく陽気な姿と対照的な猫の悲劇的な姿である。このような描写は蔵原の特徴である。

雑誌『戦車』は戸川の短篇「カナリヤ」や蔵原の「アレキサンドロフスクからきた女」を掲載した貴重な文学雑誌である。

29

ところで大正十五年（一九二六）、『三田文学』十月号に発表した蔵原の作品「草の中」を勝本清一郎が「編輯後記」で、この作品の書き手は「詩に於て特異な境地を持ってゐる」が、その「特異な境地」が「小説の上にも出て来てゐる」と述べ、「良い所は良い所で不思議に光ってゐる」と評価した。また、水上滝太郎は『三田文学』昭和二年（一九二七）十一月号の「六号雑記」で作品「草の中」を「もう一度繰り返して読んでいただきたい作品」として評価している。

蔵原の作品「猫のゐる風景」が『三田文学』大正十五年（一九二六）十二月号に掲載された。すると、勝本清一郎は「編輯後記」で、「蔵原君の第二作「猫のゐる風景」は非常にいいものだと思ひます。新しき泉鏡花出でたり！　とでも怒鳴(どな)りませうか。」と興奮を抑え切れずに述べている。

伸二郎はこの頃、『葡萄園』への発表が少なくなり、『三田文学』やその他の雑誌（『文芸都市』など）への発表が多くなる。

ところで、「留学生鄭の話」を発表した『不同調』「新人号」（昭和二年二月号）には井伏鱒二

「歪なる図案」、井上幸次郎「朝鮮土産」、外村茂（＊繁）「夜途」、秋山六郎兵衛「闖入者」、中村正常「青鬚の食卓」、崎山正毅「フラウ、サン、ヒップ」等が載っている。

そして、『三田文学』昭和二年（一九二七）五月号に蔵原の小説「群集」が載る。これは食糧危機がもたらす地球最後の日を思わせるSF的な作品である。しかも、多少の文明批評が含まれており、伸二郎にとっては異色の作品である。

この作品「群集」に対して吉住八重子が「二度繰り返して読む程の興味」は起こらないが、そうかといって「二度読まないでよいと云ふ作（＊不作）ではない」という微妙な批評（「五月号感想」『三田文学』昭和二年七月号）をしている。作者の意図がつかみ難くて記した感想である。

このような作品の主題をもっと掘り下げることが伸二郎の課題として残されていたが、彼はそのような進路を取らなかった。

吉住八重子の「五月号感想」が載った『三田文学』昭和二年七月号に伸二郎は小説「犬」を発表する。これは一匹の雌犬黒を主人公とした物語で、散文詩のような書き方である。黒と出会う貧しい画家夫婦のことが丁寧に描かれている。この作品に登場する貧乏画家は後の作品「意志を持つ風景」（『文学』昭和四年十二月号）に登場する、「白壁の家」に住む不思議な男を連想させる。小説「犬」は細部の文章表現がよくこなれていて、伸二郎の散文がさらに上達したと判断することができる。

30

昭和二年（一九二七）七月、時の有名作家芥川龍之介が自殺した。『三田文学』昭和二年九月号は芥川の追悼特集。その内容は次のとおり。

・芥川龍之介の死　水上滝太郎
・餓鬼窟主人の死　日夏耿之介
・芥川先生に哭す　平松幹夫
・鶴のやうな芥川さん　蔵原伸二郎
・けれど——　長尾　雄

また、『三田文学』昭和二年十月号は次の二文を載せている。

・芥川龍之介の手紙から　南部修太郎

・「芥川龍之介全集」の事ども　小島政二郎

芥川の自殺は当時の文壇のみならず、社会全般に大きな刺激を与えた事件である。総合雑誌『改造』昭和二年九月号の巻頭言「寸感」は、次のように記している。

さる実業家たちが一小説家の死を「わしどもはああした三面記事に興味がないから読まぬことにしてをる」と冷笑的批評を下してゐる。全く世間に対して虚栄者の、軽薄極まる批評である。もともと彼等(かれら)にして見れば、生命や、芸術より金銭の方にのみ関心する。かかる徒(と)のいふことを歯牙(しが)にかくる必要はないが、しかし文人が思想的行詰りの結果(他にも傍系的原因はありとするも)生命を断つに至るのは全く刀折れ、矢つきて敵陣に屍を横ふる猛将にたとへて研究さるべき人生の儼乎(げんこ)たる一事実である。そして文筆のわざが特殊の末梢神経の微動に至るまで心根をいためねばならぬものであるに対しあまりに無理解きはまる批評を下すは自己の教養を暴露するにとどまる。

これは誰が書いたのか定かでないが、自殺した芥川に対する同情、理解の文である。「さる実業家たち」の発言に批判する形を取りながら芥川の死を深く、かつ真剣に受けとめる見解を示している。そして、この『改造』昭和二年九月号には以下の追悼文が掲載されている。

・芥川龍之介をおもふ　恒藤　恭
・無題　佐佐木茂索
・芥川龍之介氏をおもふ　富田砕花
・芥川龍之介氏のこと　下島　勲
・芥川龍之介の死　萩原朔太郎
・通夜の話　犬養　健
・芥川氏と私　谷崎潤一郎
・講演旅行中の芥川君　里見　弴
・「是亦生涯（これまた）」　佐藤春夫

これらの追悼文で最も注目すべきは萩原朔太郎の「芥川龍之介の死」である。萩原は芥川を「詩を熱情する所の、典型的な小説家」と規定している。芥川には小説家としての「常に何事に対しても客観的で、冷静な観察眼」があると指摘し、また、「驚くべき超常識な、アナアキスチックの本能感」があると述べている。これは実に力のこもった長い追悼文である。

ところで、前掲の『三田文学』昭和二年九月号に載った蔵原伸二郎の「鶴のやうな芥川さん」を見てみよう。これはかつて伸二郎が慶応義塾の先輩小島政二郎に連れられて初めて芥川の家を訪問した時のことを書いている。文中、訪問した年日は記されていないが、芥川の作品「秋山図」が発表された頃とあるから大正十年頃と判断することができる。

伸二郎の第一印象は「鶴のやうだ」であり、それは横長の白紙を広げて、南画風の枯木の絵を何枚も描いていた芥川の姿である。芥川の風貌は、「どこかに気韻があり」、そうして「孤高の感」を与えた。また、芥川死後、伸二郎は芥川遺作の河童の絵を見ることができた。その筆遣いはまさに「神に入る」と感じた。

蔵原伸二郎の芥川論の特徴は、南画に関するものである。追悼文「鶴のやうな芥川さん」には次の箇所がある。

——あゝ、君は南画がすきですか？　ここに二、三冊あります。ごらんなさい！　と、芥川さんは小島さんの話を忘れずに、三、四冊の支那の画冊を私に見せられた。私は有難い気持ちでそれをひろげて見てゐた。

静かに秋の雨がふってゐた。まさに蕭々として園林にそそぐのである。その間にも快活な朗らかな氏の声のみが書籍の多いその二階の部屋にこもってゐた。が、どんな話だったか今は忘れてしまった。見せて貰った画冊も誰の画だったか忘れてしまったのである。しかし、その時の氏の風貌と、描かれた枝の多い枯木のすがたとは今でもはっきり覚えてゐる。それが不思議に私の頭に残ってゐるのである。ともすると、その枯木の中に、芥川さんが悠然と佇(た)ってゐられる気がする。

その時出会った芥川龍之介の風貌が一枚の南画の中の肖像のように浮かび上ってくる。実にみごとな追悼文である。

31

昭和二年（一九二七）十一月、春陽堂から蔵原伸二郎の小説集『猫のゐる風景』が刊行された。文壇新人叢書の第九篇である。

大正末期から昭和初頭にかけて各出版社がこぞって新人発掘に努めた。それは同人雑誌全盛時代がもたらした土産品のようなものだったが、また、もう一つの見方をすればそれは第一次世界大戦後の好景気の波に乗ったジャーナリズム拡大の一現象であった。各出版社の独自企画で「文壇新人叢書」（春陽堂）「新鋭文学叢書」（改造社）「新興芸術派叢書」（新潮社）「日本プロレタリア作家叢書」（戦旗社）等が出現した。

「文壇新人叢書」には次のものがある。

1. 正太の馬　坪田譲治
2. 人間機械　村山知義
3. 絵のない絵本　林　房雄
4. 遙なる眺望　小島　勗
5. 浚渫船　葉山嘉樹
6. 小さい田舎者　山田清三郎

また、「新鋭文学叢書」には次のものがある。

・放浪時代　龍胆寺　雄（昭和五年七月三日発行）
・隕石の寝床　井伏鱒二（昭和五年七月三日発行）
・傷だらけの歌　藤沢桓夫（昭和五年七月三日発行）

・反逆の呂律　武田麟太郎（昭和五年七月三日発行）
・浮動する地価　黒島伝治（昭和五年七月三日発行）
・耕地　平林たい子（昭和五年七月三日発行）
・屍の海　岩藤雪夫（昭和五年七月三日発行）
・闘ひ　中本たか子（昭和五年七月三日発行）
・放浪記　林　芙美子（昭和五年七月三日発行）
・正子とその職業　岡田禎子（昭和五年七月三日発行）
・ブルヂョア　芹沢光治良（昭和五年七月三日発行）
・不器用な天使　堀　辰雄（昭和五年七月三日発行）
・ボール紙の皇帝万歳　久野豊彦（昭和五年七月八日発行）
・情報　立野信之（昭和五年七月八日発行）
・研究会挿話　窪川いね子（昭和五年七月八日発行）

ところで、蔵原に関する前掲の「文壇新人叢書」について詳細に見てみよう。

これらの作家たち（前掲の1から6）は、坪田譲治を除いて皆、何らかの形でプロレタリア文学とかかわりのある人たちである。

山田清三郎の作品は日本プロレタリア芸術連盟が分裂し（昭和二年六月）労農芸術家連盟となり、さらに分裂して（昭和二年十一月）前衛芸術家連盟となる渦中の産物である。葉山嘉樹の作品は大正十五年（一九二六）『文芸戦線』九月号に発表された表題作を中心に編集された著書である。なお、葉山嘉樹は昭和二年十一月に労農芸術家連盟が分裂した際、青野季吉、前田河広一郎、金子洋文、里村欣三、平林たい子、黒島伝治らとともに残留し『文芸戦線』を発行し続けた。山田清三郎は葉山と袂を分かち、前衛芸術家連盟に所属した。

小島勗（つとむ）は早稲田大学哲学科出身の作家である。横光利一らと同人雑誌『塔』を刊行したり、「新人倶楽部」（非左翼系の新人作家が結集した団体）に所属したりした。雑誌『文学時代』（新潮社）昭和五年（一九三〇）十月号の「新鋭作家総出動号」に作品を寄せている。のち、日本プロレタリア作家同盟（昭和六年十一月結成。昭和七年一月から八年十月まで『プロレタリア文学』を発行）に加入したが、目立つ作品は発表していない。

林房雄の作品はアンデルセンの童話と同じ題名であるが、中身は当時のインターナショナルの精神を盛り込んだ、大人への寓話である。初出は雑誌『新小説』（春陽堂）大正十五年（一九二六）五月号。

村山知義は初めアバンギャルドの美術家として出発したが、その後、演劇運動に力を入れ、この頃はプロレタリア創作戯曲「スカートをはいたネロ」で知られていた。「文壇新人叢書」

の『人間機械』は珍しい小説集である。

坪田譲治の作品「正太の馬」は妻に見捨てられた小野と、一人息子の正太とがひっそりと互いに寄り添いながら暮らしている。その様子をスケッチ風に描いている。小野と正太二人の心の触れ合いが実に丁寧に描かれている。作品「正太の馬」は雑誌『地上の子』（地上の子社）大正九年（一九二〇）十二月号に発表された。この雑誌は東京帝国大学独文科の教授、卒業生が中心であり、坪田が加わったのは異例である。雑誌の名「地上の子」はゲーテ『西東詩集』の文言「地上の子の最高の幸福は人格なり」から採った。

坪田譲治は作品集『正太の馬』が出た時、嬉しさのあまり、夜も眠れなかったそうだ。彼にとって初めての小説集出版であり、喜び一入（ひとしお）であった。

32

春陽堂の文壇新人叢書は縦十五・七センチ、横十・八センチのＡ６変型判で、ページ数は二〇〇前後である。値段は五〇銭。Ａ６変型判は当時の呼び方だと菊半裁と言ったようである。

蔵原伸二郎の小説集『猫のゐる風景』は文壇新人叢書の第九篇であり、目次一ページ、本文一七二ページである。そして、発行日は昭和二年（一九二七）十一月十日である。

なお、この前後の文壇新人叢書は第八篇が黒島伝治の『豚群』で昭和二年（一九二七）十月十六日の発行である。また、第十篇が里村欣三の『苦力頭の表情』で昭和二年（一九二七）十月三十日の発行である。この二冊の間に蔵原の『猫のゐる風景』が入るわけである。つまり、文壇新人叢書の第九篇であるから。しかし、『猫のゐる風景』は昭和二年（一九二七）十一月十日の発行だから、『豚群』及び『苦力頭の表情』より発行日が遅い。これは、どういうわけであろうか。わたくしにはよくわからないが、出版社や印刷所の事情、また、蔵原の事情によるのであろう。

ところで、興味深いのは、この本『猫のゐる風景』の著作者検印である。奥付の著作者検印を見ると、何やら鳥のようなものが描かれている。なかなか風変りな検印である。長い間不思議に思っていたが、ある時、久野豊彦の文章「裏側の花・獣・人（蔵原伸二郎の猫のゐる風景に就（つい）て）」（『三田文学』昭和三年二月号）を読んだ。すると、この謎が判明した。

この検印は「氏の芸術を最も雄弁に、最も簡単明瞭に」示すものであり、それは青鷺二羽を刻んだものだという。しかも、青い肉印を用いている。これを知ってわたくしは蔵原伸二郎のエスプリの高さを評価した。

小説集『猫のゐる風景』の内容を次に示す。

①　青鷺　二八ページ（＊作品の全ページ数）
②　鏡の底　二七ページ
③　草の中　四三ページ
④　自殺者　二ページ
⑤　逃走——Cinario風なる——　一二ページ
⑥　魯春人と旅人　一九ページ
⑦　猫のゐる風景　三一ページ

①の初出は『葡萄園』（大正十五年十一月号）、②の初出は『葡萄園』（大正十五年六月号）、③の初出は『三田文学』（大正十五年十月号）、④の初出は『葡萄園』（大正十五年四月号）、⑤の初出は『葡萄園』（大正十四年十一月号）、⑥の初出は『葡萄園』（昭和二年一月号）、⑦の初出は『三田文学』（大正十五年十二月号）。いずれも雑誌『葡萄園』と『三田文学』に発表したものである。そして、『葡萄園』が五作、『三田文学』が二作と、圧倒的に『葡萄園』での発表が多い。

これらの作品を以下、詳細に検討してみる。

まず、①の「青鷺」である。鷺という鳥を無性に好む男が主人公である。この男と、最近子どもを産んだ妻との日常生活が描かれている。

子どもは生まれて八日目に死んでしまう。それから、妻は「あの子はあなたの子ではない。従妹の家で私はNという男に手ごめにされ、できた子よ」と告白する。そして妻は何度も「私」に許しを求めるが、「私」は何も答えず、しつこく黙っていた。それから、「私」は縁側に出て柘榴（ざくろ）の実を拾った。すると、梢の方で、かすかに鳥の羽音が聞こえた。青鷺だった。「私」は口笛を吹いて青鷺を呼び、青鷺がやって来たのでその喉を撫でてやった。

死んだ子どもが自分以外の男との間に出来た子だという話に新味はないが、妻の描写や青鷺をめぐる「私」の描写はよく出来ている。

作品「青鷺」の名場面を次に引用する。

> 掌（てのひら）に輝いてゐる果実を持って私はぼんやり朝の空を仰いだ。すると梢の方で幽（かす）かに鳥の羽音がきこえた。
>
> あゝそれは丁度あの居なくなった青鷺が柘榴の高い梢に止（とま）ったのであった。木の葉が神経質にふるえてゐる。と、思ひがけなく、部屋の方からまだ眠ってゐる筈の妻の声がきこえてきた。
>
> ――ねえ、鷺が今飛んで行った様（やう）だわ！

還ったのかしら！　うれしいわねえ！

私は、しかしそれには何も答へなかった。答へ様と思ったのだが急にさびしくなって喉がつまった。

死んだ子がNの子であり、自分の後ろの方で「見えない男」（N）の顔が自分を嘲っているように感じた。そのような「私」をいたわってくれるのは妻でなく、青鷺だった。妻は「ね。あたしより鷺の方が可愛いいんでしょう」と焼餅を焼くほど「私」は青鷺が好きだった。そして、子を失った悲しみを青鷺への愛で和らげる。

②の作品「鏡の底」は作品「青鷺」よりも色調は明るい。主人公の「私」は定職を持たず、釣りを日課としている。そして毎日、ぶらぶらと過ごしている。昼間、近くの銭湯に行き、大きな鏡の底に映る不思議な世界（「森の路」や「幽玄な竹径」など）を見ながら、そこで二時間ほど過ごす。それが「私」の楽しみである。

金が無くなると妻の衣類を質屋へ運んだりしていたが、ある日妻はとうとう我慢しきれず、どこかの青年と逃げてしまう。それから「私」は灰紅色のオウムを肩に担いで、丘を越え、もう一つ向こうの山峡に向って旅立つ。

鏡の中に一つの黄色い影が現れ、それが次第に女の影（たぶん、妻の影）となり、また、そこに青年の姿が現れ、二つが寄り添って抱き合う。このような場面がある。「私」が失踪した妻と男のことが気にかかっているから、このような幻影を見るのであろう。

③の作品「草の中」はミステリアスな作品である。貧乏人の「私」は同居人の女と都会から田舎へと移住する。そして、「都会の妄想」「都会から来るわけのわからぬ幽霊の足音」に悩まされつつ、毎日を過ごしている。「都会の妄想」の原因は、兄の追跡の目であった。それは兄の婚約者を、兄の留守中に奪ったからである。兄は船乗りであった。そして兄が船に乗って出かけているとき、「私」は同居人の女（兄の妻）に惹かれ、彼女と田舎へ逃げた。ある日、「私」は女の指輪と自分の原稿（小説）を持って都会へ出た。金策のためである。すると、船旅から戻って来た兄が彼らの隠れ家を探し当て、女を殺害した。そして、兄は自害した。都会から田舎に帰って来た「私」はその凄惨な場面を見る。

そこの箇所を以下、引用する。

私は、やっと気がついて、這ふ様に床の上を辿って裏口に出た。その間にも点々と血がついてゐた。

と、そこには、びしょびしょに濡れた雑草の間に、大きな柿の根元に、兄と姉、いやいや、今日の昼迄一緒に暮らしていた妻の上半身が、（私は咄嗟にその時、姉と云ふ気がした。何故妻と思はなかったか）重なり合って死んでゐるのが見えた。その上に最初の太陽のよあけの光線がしづかにきらめいてゐた。

最後の一文が、よく効いている。それにしても、凄惨な場面である。

④の作品「自殺者」は、荒涼とした冬のある夕方、一羽の鴉が汽車にはねられるところから始まる。それは食うものがなく、乞食のような鴉だった。「私」もまさに鴉のような状況にあった。しかし、「私」は自殺を思い止まり、街へ駆け出していく。

都会には花火が上ってゐる。私は心からさそはれた。ああ花やかな人生！　行かう、行かう、女達の泳いでゐる街へ！

これには珍しく、都会志向の態度がある。久野豊彦や吉行エイスケらの都会的モダンの要素は伸二郎には少なかった。しかし、この作品を見ると都会的モダンの要素が皆無でないことがわかる。当時の蔵原は周囲の知人友人の影響を受け、そのような風潮に心が動かされたと判断することができる。

⑤の作品「逃走」は副題に「Cinario 風なる」とあるように短い散文詩をつなげて一作にし

たものである。

「私」は都会では食えないから都会を引き上げ、田舎で暮らしている。妻は妊娠し、子どもが生れた。その生れたばかりの子が、鷲に眼球を食い取られてしまう。そして、子どもは死ぬ。「私」は怒り心頭に発し、鉄砲で鷲を撃った。田舎でも良い芽の出なかった夫婦は赤ん坊の骨壺を抱いて都会へ帰っていく。前掲①「青鷺」とよく似たストーリーである。

都会へ帰っていく二人の様子は次のとおり。


行く手に黒う巨大な都会の悪霊！

妻は、しほれて、無言である。

汽車よ、一生、目まぐるしく走ってろ！　あの世めがけて突っ走れ！　降りれば、世の中が恐ろしいのだ。

月夜を疾走する汽車だ。

窓の枠に、ああ！　山の峰すべる月は清麗である。が、色青ざめた妻と、私だ。じっと対座してゐる。


「月夜を疾走する汽車」に乗った「私」と妻の経済的及び精神的な不安、それが感覚として、また、雰囲気としてよく描かれている。

⑥の作品「魯春人と旅人」には興安嶺やゴビ砂漠という名が出てくるので、蒙古の奥地が舞台になっている。それは蔵原伸二郎が終始夢見続けた幻の場所である。彼の詩篇には蒙古を舞台としたものが多々ある。

この作品は、馬に乗った一人の旅人が主人公で、その彼がハラモトという「土人部落」を出発し、タルリンゴロの渓谷を馬で走っている。彼が目指すのはハラホッショという町である。途中で夜になる。狼の遠吠えが聞こえる。彼は心細くなり、一軒の小屋を見つけ、「泊(と)めて下さい」という。小屋には一人の女と山猫がいた。女は豊満な体で野性的な艶(なま)めかしさがある。彼は女と話すうちに親しくなるが周りの様子がどうもおかしいので熟睡できなかった。やがて夜が明け、男は暇乞(いとまご)いをして出発する。すると、背後で銃声がした。撃たれたのは大きな鳥だった。その後、旅人の馬も撃たれてしまう。撃ったのは、あの女の父とも夫ともつかない老人だった。旅人は命からがら逃走した。

作品の題名にある魯春人というのは個人名ではない。作品の中に説明はないが、小屋に住んでいた女と、旅人の彼を銃で狙った老人との人種名をいうのだと思う。

⑦の作品「猫のゐる風景」を見てみよう。書き出しは次のとおり。

――俺の故郷といふのは何と物憂げな地方だらう！

この秋のさむしい日の午後に、私は二十何年ぶりかで初めて見る、その故郷の風景の中を歩いてゐた。さうして、私は、実に遠い少年の彼の面影を想ひ起してゐるのだ！　何時だったか二三年前、銀座の人ごみの中で、ほんの二三分間を彼と話した様な気がするのだが、それも信じられない程怪しげな記憶である。……彼は私の幼なじみで、その実に遠い記憶では、彼は色の青白い、目の大きい、おどおどして憂鬱な少年だったが……。


主人公の「私」は郷里で、幼なじみのN君を訪ねる。すると、彼から奇異な物語を聞かされる。それは、「人かげの見えないグルーミイな山間の田舎路」を彼は一匹の猫を連れて歩き回るのを日課にしているというのだ。その細かい話を聞いて「私」はぞっとする。

この作品は単行本のタイトルにもなっているものだが、幻のようであり、奇怪な作品である。現実感が薄く、読者は幻のような映画を見ているような感じに襲われる。勝本清一郎が言ったように、まさに泉鏡花の作品に似ている。

小説集『猫のゐる風景』の同時代評で注目すべきは勝本英治の評論「植物的な鳥獣」（『三田文学』昭和三年二月号）である。勝本は小説集の作者を「花と柱時計のわきをかすめ通る爬虫類と人間の、若しくは、木の上に鳥のやうにとまってゐる奇異な猫と人間との混血児」と規定している。また、人間、特に人間の女性から卑しめられ嫌われている「小動物の親類」に近い存在だと指摘している。そして最後は、「蔵原伸二郎は完全なる抽象化をなすためには、あまりに意力に乏しい。所詮、彼は植物的生活に止まる詩人である。」と結論付けている。勝本英治は勝本清一郎の弟である。兄が蔵原を高く評価しているわりには弟の評価は厳しい。

『猫のゐる風景』全体を通して目立つことがある。それは作中主人公の「私」が猫や鷺といった動物に対して、人間に対するのと同様な愛欲・性欲を感じていることである。これは小酒井不木（本名、小酒井光次。小説家・医学者）の著書『近代犯罪研究』（春陽堂　大正十四年五月）によれば、「獣姦」（ソドミー）に近いものと言うことができる。常々、人間から（特に女性から）卑しめられ嫌われているがゆえに陥った「性的倒錯」の姿ではなかろうか。そのように見ることができる。

33

昭和三年（一九二八）一月、新人倶楽部が結成された。同人雑誌の世界で左派（プロレタリア派）と右派（アンチプロレタリア派）が分裂し、左派の跳梁に対抗して右派の新人作家が結成したのが新人倶楽部である。そこには次の人々が集まった（注2）。

崎山猷逸（『辻馬車』）、崎山正毅（同前）、丸山清（『新思潮』）、坪田譲治（単行本『正太の馬』）、今日出海（劇団『心座』）、和田伝（『農民文芸』）、蔵原伸二郎（『葡萄園』）、亜坂健吉（『文芸耽美』、別名、北園克衛）、高橋敏夫（『文芸耽美』）、徳田戯二（『文芸耽美』）、船橋聖一（『朱門』）、尾崎一雄（『文芸城』）、浅見淵（『文芸城』）、近藤正夫（『文芸城』）、阿部知二（『朱門』）、加藤元彦（『葡萄園』）、古沢安二郎（『朱門』）、梶井基次郎（『青空』）ら以上十八名が結成時の同人である。（注記、単行本名や劇団名以外は所属の同人誌名である。）梶井基次郎は浅見淵の勧めにより新人倶楽部に参加した。

関西（大阪）の同人雑誌『辻馬車』から崎山猷逸、東京帝大系の『朱門』から船橋聖一と古沢安二郎、そして、紀伊國屋書店の田辺茂一らが書店の応接室で会議を行った。船橋聖一の小学校中学校時代の友人が田辺茂一だった。そのような関係から話は順調に進み、昭和三年（一九二八）二月、雑誌『文芸都市』を紀伊國屋書店から刊行する。

雑誌『文芸都市』には蔵原伸二郎に関する様々な内容があるが、特筆すべきは次のものである。小説は「リーザ」（昭和三年三月号）、「鶴」（昭和三年八月号）、「猟友」（昭和四年一月号）の三作。

『文芸都市』は以後、井伏鱒二、雅川滉（つねかわひろし）（成瀬正勝）、中谷孝雄、淀野隆三らが加入するが、昭和四年（一九二九）一月以後、尾崎一雄、浅見淵らが脱退する。早大系と東大系との確執が原因だと言われている。蔵原伸二郎はこの『文芸都市』に小説や随筆を発表し、また、合評会にも進んで出席した。船橋聖一と親密に付き合った。しかし、『文芸都市』は昭和四年（一九二九）七月、廃刊となる。

紀伊國屋書店の田辺茂一は昭和八年（一九三三）十月、雑誌『行動』を発行する（注3）。これに蔵原は作品を発表する。昭和九年（一九三四）七月、小説「狸犬」同年九月に小説「目白師」を発表する。これら二作品は後の単行本『目白師』（ぐろりあ・そさえて　昭和十四年十月）に収録される。いずれも動物に関する小説であり、蔵原らしい特色がある。

そして、小説「狸犬」には自身の詩「胡瓜の歌」（詩集『東洋の満月』所収）を挿入している。また、小説「目白師」は単行本の題名にもなっている蔵原の自信作である。これは青梅街道筋に小鳥屋を開いている森田六平が主人公であり、森田の兄貴分には甲州街道筋に住んでいる権作という老人がいる。権作老人はもと、桶屋であり雲雀（ヒバリ）の籠を作る名人だった。このようにこれら二作の小説は蔵原独特の動物好きの話である。犬や小鳥が好きな読者にはたまらない、楽しい小説である。しかし、ユーモアもあり、ペーソスもある。そこが蔵原の詩と同様に、小説の終末を上手に処理する彼の技巧である。

注

（1）紅野敏郎「〈解説〉戦車」日本近代文学館編『日本近代文学大事典　第五巻＝新聞・雑誌』（講談社一九七七年十一月）参照。但し、紅野は雑誌『戦車』の発行所を十方社と記しているが、わたくしの見た雑誌『戦車』第一巻第二号（大正十五年八月一日発行）の発行所は甲栄舎となっていた。他の『戦車』は未見であるので十方社の発行所となっているのがあるのかもしれない。

（2）新人倶楽部と雑誌『文芸都市』に関しては、高見順の『昭和文学盛衰史』（角川書店＊角川文庫一九六七年八月）が参考になる。

（3）雑誌『行動』は昭和八年（一九三三）十月創刊し、十年（一九三五）九月（第三巻第九号）終刊となる。紀伊國屋書店発行の月刊文芸誌である。主幹は田辺茂一で、豊田三郎、船橋聖一、阿部知二らが活躍した。なお、この雑誌『行動』の復刻版は昭和四十九年（一九七四）、臨川書店から出た。

第八章　詩人の覚醒　――昭和初期から戦中へ――

34

蔵原伸二郎の昭和初期の特徴ある小説は、『文学』第三号（第一書房　昭和四年十二月）に発表した「意志を持つ風景」である。この小説は後に雑誌『詩と詩論』（発行、厚生閣書店）の別冊『年刊「小説」一九三二年版』（厚生閣書店　昭和七年一月）に所収され、また、蔵原の小説集『目白師』（ぐろりあ・そさえて　昭和十四年十月）にも収録され、伸二郎にとって愛着の深い作品である。なお、作品のタイトルは初出以後、「意志をもつ風景」に変更されている。「持つ」を「もつ」と平仮名書きに改めている。

作品の内容は次のとおり。主人公「私」はある日、犬を連れて散歩に出かけた。そして、人里離れた淋しい河べりにふと、白壁の家を見つけた。それから、「私」はその家の主人と話に打ち興じた。しかし、後でこの家のことを知って驚いた。この家の主人は妻と二人の子どもを殺したのである。そして、約一ヶ月間、家の戸を閉めたまま、且つミイラになった妻と子どもたちを置いたまま、この家に住んでいた。「私」は新聞記事を後で読み、事の真相を知る。なお、新聞記事にはこの家の主人が肺病で死んだと書いてあった。

そう言えば、こんなことがあった。「私」はある日、川べりを犬を連れて散歩していた。その時、あの家の主人らしき人と出会ったことがある。「私」は急いでいて、その人とあまり話をしなかった。「私」が坂の上から振り返った時、その男は元の位置に立ったまま「私」を見送っていた。「変な奴だなあ、本当に、あれあ屹度白壁の家の男に違ひない……。」「私」はそう独り言を言いながら、ふと気がついた。あの男とあの家とが「全く同じ表情」と「同じ薄気味の悪い意志を持ってゐる」ことを。

怪異小説である。日本では泉鏡花、欧米ではエドガー・アラン・ポーである。ポーの作品『黒猫』や『アッシャー家の崩壊』を彷彿とさせる。また、所々の表現は梶井基次郎に似ている。

新興芸術派はモダン派文学の中心であり、昭和五年（一九三〇）四月十三日、新興芸術派倶楽部の第一回総会が燕楽軒で開かれた。龍胆寺雄、久野豊彦らの提唱によるもので、芸術派の中堅及び新進作家が団結しようというものである（注1）。この年はモダン派文学の絶頂期である。新潮社から「新興芸術派叢書」（四六判）二十四冊が刊行される。その一冊が吉行エイスケの『女百貨店』（昭和五年六月）である。

新興芸術派倶楽部の集団的事業が単行本『モダンＴＯＫＩＯ円舞曲』（春陽堂　昭和五年六月）。これには倶楽部以外の応援執筆者がいるが、全作十二揃った。内容は以下のとおり。

・浅草紅団　川端康成・作　太田三郎・画
・あの花！　この花！　久野豊彦・作　深沢省三・画
・スポーツの都市東京　阿部知二・作　深沢省三・画
・水族館　堀辰雄・作　岡田七蔵・画
・公園の誘惑　蔵原伸二郎・作　深沢省三・画
・ただ見る　ささきふさ・作　深沢省三・画
・享楽百貨店　吉行エイスケ・作　深沢省三・画
・女学生気質　中村正常・作　佐野繁次郎・画
・或る交遊の群　井伏鱒二・作　硲　伊之助・画
・機械と人間　中川與一・作　岡田七蔵・画
・丸ノ内展情　浅原六朗・作　岡田七蔵・画
・甃路スナップ　龍胆寺　雄・作　深沢省三・画

この本『モダンTOKIO円舞曲』の末尾に掲載されている広告によれば、この本は春陽堂刊行の「世界大都会尖端ジャズ文学」十五冊（定価一円五十銭＊各一冊の値段）の第一であるという。第二以下は次のとおり。

第二　千一夜・シカゴ狂想曲（＊作者　ベン・ヘクト）
第三　JAZZ・ブロードウェー（フィリップ・ダニング、ジョージ・アボット）
第四　モン・パリ変奏曲・カジノ（フィリップ・スーポウ、フランシス・ミオナンドル）
第五　メーデー歌・大東京（プロレタリア作家十人）
第六　ロンドン・バレー・ピカデリー（アーサー・アプリン）
第七　メロディー・ブロードウェー（ジャック・レイト）
第八　伯林（ベルリン）ソナータ（ハインリッヒ・マン）
第九　レヴュー・ニューヨーク行進曲（ナット・ファーバー）
第十　上海乱舞曲・両世界大市場（コンラッド・クーリッジ）
第十一　セレナード・メトロポリターヌ・巴里（パリ）（ジャン・アンドリュース）
第十二　モスコー・ワルツ・赤の踊子（エイチ・ゲイツ）
第十三　幻想曲・ブロードウェーのバイロン卿（ネル・マーチン）

第十四　新ベルリン・シンフォニー（アルフレッド・デブリン）
第十五　ニューヨーク・ラプソディー（ポール・モーラン）

この広告は世界のジャズ文学の先端を取り上げていて非常に興味深い。しかし、これらすべてが刊行されたものだろうか、それは不問とする。但し、この広告は当時の日本人がいかに世界のモダンなるものに憧れていたかを示すものであり、貴重である。

さて、この本に所収の蔵原の作品「公園の誘惑」を見てみよう。

この作品の主人公は虫明（むしあき）洋一である。彼はまだ駆け出しの画家で、しかも、毎日、生活に追われて過ごしている。ある日、女房の顔を見ると癪に障るようになった彼は、子どもを連れて井之頭（いのかしら）公園に出かける。猿の檻の前に立っていたら、若い婦人と出会い、幾らか言葉を交わしたりする。話がどんどん進み、二人の間に不思議な感情が芽生え、彼は婦人と接吻をかわそうとする。だが、その時、一人の巡査が現れる。巡査に邪魔され、婦人は慌てて逃げていく。

全体的にどことなくユーモラスで、しかも、モダンな有閑マダムと束の間のランデブーを楽しむと言った趣向に新興芸術派に近い感覚がうかがえる。蔵原としては、新興芸術派のモダンさに精いっぱい寄り添ったつもりである。

35

雑誌『文芸都市』以来の仲間であった梶井基次郎が昭和七年（一九三二）三月二十四日、大阪市住吉の家で病没した。梶井三十一歳の若さである。

前年の五月、友人たちの尽力により第一創作集『檸檬』が武蔵野書院から刊行された。その後梶井は『中央公論』からの依頼を受け、同誌昭和七年一月号に「のんきな患者」を発表した。そういう次第で梶井はやっと同人雑誌から商業雑誌への初舞台を踏んだばかりである。

雑誌『作品』（発行、作品社）は昭和七年五月号を「梶井基次郎追悼号」とした。仲二郎はこの「追悼号」に「心友いまいづこぞや」と題する文章を発表した。この文章は後に、雑誌『評論』（発行、山海堂出版部）第十六号（昭和十年九月号）「梶井基次郎研究」に再録された。その際、仲二郎は「梶井さんのこと」と改題し、文章後半の約九百字ほどを削除した。

梶井基次郎との思い出の中心は、蔵原が梶井から古伊万里の猪口（ちょこ）をもらったことであり、また、蔵原がそのお返しに唐三彩（とうさんさい）の白粉壺（おしろいつぼ）を贈ったことである。しかし、随筆「梶井さんのこと」では梶井から古伊万里の猪口（ちょこ）をもらったことだけが記されていて、お返しを贈ったことは省略されている。

随筆「梶井さんのこと」の末尾は次のとおり。

（＊竹長注記、蔵原が新宿で梶井に二度目に会った時のこと。）その日私たちはたしか、中村屋の二階でお茶を飲んだが、帰りに彼（＊梶井）はたもとから古伊万里の猪口を二つ出して私に呉れると言ひ出した。それは私が古い瀬戸物なぞが好きで集めてゐるといふ話を誰かに聞いて知ってゐた為めであったらうと思ふが梶井さんもそんなものの好きな人だった。私は大変うれしがって遠慮なく貰った訳であるが、二つの中の一つは子供が壊して今は一つ、他は残ってゐないのである。思ひがけなくもその一つが今となっては思ひ出のさびしい記念となったのである。（今でも私はその猪口で泡盛の少量をなめることにしている。）

末尾の（今でも……云々）は初出の「心友いまいづこぞや」にはない。『評論』昭和十年九月号の「梶井さんのこと」において付加した文である。梶井から貰った猪口に関する思い出は、陶器に敏感な伸二郎らしい特徴がある。

ところで、蔵原の文章「梶井さんのこと」と並んで『評論』昭和十年九月号に載っているのが萩原朔太郎の文章「本質的な文学者」である。

これは蔵原の文章と異なり、思い出などでなく本格的な作家論である。

（前略）梶井君の作品集「檸檬」を読み、はじめて僕は、日本に於ける「文学」の実在観念を発見した。もちろん「檸檬」の作品は、小説といふべきよりは、小品若しくは散文詩の範疇に属すべきものであるかもしれない。然し乍らこの精神は、すべての文学を通じて普遍さるべき、絶対根本のものであり、僕の常に観念してゐる「文学」の正観と符節してゐる。

（中略）梶井基次郎君は、日本の現文壇に於ては、稀に見る真の本質的文学者であった。彼は最も烈しい衝動によって創作する所の、真の情熱的詩人であって、然もまた同時に、最も冷酷無情の目を持ったニヒリスチックの哲学者だった。（中略）彼の見た世界は狭い。然し乍ら底が深く、測量の重い錘が、岩礁に迄ずっと届いてゐるのである。

これは梶井基次郎の詩人的な作風を指摘した作家論である。

また、この文章の末尾で萩原は梶井と三好達治との交友を述べている。それは以下のとおり。

（前略）芸術の天才といふ奴は、東西古今を通じて人づきあひが悪く、厄介な持て余しものである。ただ梶井君が、一人の三好達治君を親友に持ってゐたことは、同君のために生涯の幸福だった。梶井君と三好君との交際は、側で見てさへ羨ましい程親密で、しかも涙ぐましい程に純情だった。僕の見た所では、梶井君は三好君に対してのみ、一切の純情性を捧げて、娘が母に対する様に甘ったれてゐた。恐らくあの不幸な孤独の男は、一人の三好君にのみ、魂の秘密な隠れ家を見つけたのであらう。

このように文章「本質的な文学者」の末尾は印象記になっている。つまり、萩原朔太郎の梶井論は大半が作家論であるが、末尾は印象記である。朔太郎は力を振り絞って梶井の追悼文を書いたのである。

ところで、蔵原の文章「梶井さんのこと」の前稿「心友いまいづこぞや」(『作品』昭和七年五月号)をもう一度、読んでみる。特に後稿「梶井さんのこと」で省略された部分(約九百字ほど)である。

それを読むと、三好達治のことが出てくる。三好が昭和六年(一九三一)八月、郷里の大阪に帰るというので、伸二郎は「これを梶井さんに渡してくれ」と、中国から持ち帰った唐三彩の白粉壺を三好に托した。その後は、次のとおり。

間もなく梶井さんから実に丁寧なお礼の手紙を貰った。その手紙の最後にこういふ文句があった。

……私は昨今身体が稍々回復してきましたので追々、仕事をしていかうと思ってゐます。
また、あなたへもお便りします。　敬具

　私はこの文句を読んで、愈々梶井さんも長い間の病気が固まってよくなるんだとばかり信じ込んでゐたが、（＊竹長補記、昭和七年）三月末、突然その訃に接し暗然としたのであった。丁度私は飯を食ってゐた時で、その葉書を受け取ると、箸を持ったまま、およそ三十分以上も葉書を見つめてゐて、女房に不思議がられた事であった。どういふ訳か少し気抜けがした様で、色々な事を考へてゐたのであった。

36

この省略された箇所を読むと、蔵原が梶井の死に如何に衝撃を受けたかを知ることができる。

蔵原伸二郎の梶井論は、病者梶井の文学に対する鋭敏さと深さを指摘していたが、そのことよりも梶井から貰った猪口に関する思い出はやはり、蔵原らしい思い出である。

今しばらく、当時の蔵原の陶器趣味に関する文献を見てみよう。

まず昭和三年（一九二八）『三田文学』の四月号に、蔵原の随筆「春の陶器・藤田嗣治について」がある。この随筆は後に、蔵原の随筆集『風物記』（ぐろりあ・そさえて　昭和十五年九月）に「藤田嗣治について」と題して所収される。

これはフランスの画壇で有名になり、世界的に知られるようになった画家藤田嗣治についてのエッセイである。その冒頭は次のとおり。

> かすかな微風（そよかぜ）が花のにほひを流す、この消えようともせず輝（かが）やかんともしない春の黄昏（たそがれ）の幽暗な冷（つめた）さの中で、ひとり白高麗の古い壺だけが呼吸（いき）づいてゐる。

蔵原の筆はこの「古い壺」から藤田嗣治の絵の中の女へと想像が広がっていく。この展開はみごとである。

次に同年『三田文学』の十一月号を見てみる。そこに多くの人のアンケート回答「回顧一ヶ年」が載っている。蔵原の回答は次のとおり。

今年は自分でもあきれ返って物が云えない。小説らしきものたった二篇、而も駄作。精進の悩みを悩もうともしなかった。いたづらに日夜陶器を漁って過した。そうして丸一年すっかりもう嫌になった。得るところなにもなし。只借金のみ、凡夫のあさましさかな。今後出来るだけ勉強して書くつもり。今に見ろと云ふ気、尚存す。

ここにも「日夜陶器を漁って過した」の文が見え、蔵原がいかに陶器のとりこになっていたかを知ることができる。

さらに昭和六年（一九三一）『セルパン』十二月号に三浦逸雄がエッセイ「社中偶語」で蔵原伸二郎の陶器マニアの様子を記している。それは以下のとおり。

蔵原伸二郎君に、博物館の古窯にまゐった話（＊竹長注記、古窯に感動し、降参した話）をしてゐたら、「きみもですか」といはれたので、いつぞや福田君（＊竹長注記、福田清人）と行ったときの、博物館のうす暗い、アルカイスム（＊竹長注記、擬古主義）の冷たさを思ひ出してふるへた。僕の顔つきが寒々としてゐたせいか、蔵原君は気の毒さうに、上海から買ってきた宋窯の皿を一枚くれた。それは、多少のシミのある灼窯の系統に属するものであるが、それが僕の生活を当分しっとり落着かせてくれさうでよろこんでゐる。

このような陶器探しの醍醐味、そのわくわくする心理を自分を実験台にのせて解剖したのが随筆「掘出し物」（『三田文学』昭和十一年一月号）である。

初春に「私」は掘出し物の自慢話をしてやろうと考えていたが、なかなか、掘出し物が見つからない。「欲と自惚（うぬぼ）れ」に駆り立てられるが、「私」の気持ちに理解を示さない女房と子どもの冷たい眼が気になる。結局、掘出し物というのは福引のようなものだから当たるはずがないと思って、やめようと思ったりする。

しかし、「私」は次のように考える。

> 実際やって見ればなかなかもって文学と同じ様（やう）で、あきらめきれるものではない。反動でもってとても嫌（いや）になることはあるけれども、それは又一層好きになる前提にしかならないのだ。

つまり、掘出し物を探そうとするのは文学の上で傑作を書くのと同じ様で、その傑作がなかなか書けなくて、周囲から文句を言われる、だが、それでも文学と縁が切れない。すなわち、掘出し物を探せなくても、それを探そうとすることがあきらめきれない。これと同じだというのである。

随筆「掘出し物」の末尾で蔵原は「何だか陰気くさい」話に落ちたというが、彼自身の心の偽らざる告白である。

37

蔵原伸二郎には陶器と並ぶもう一つの趣味があった。それは小鳥を飼うことである。

昭和二年（一九二七）『三田文学』一月号の「六号雑記」に蔵原が次のように書いている。

◇秋のうららかに晴れた朝、僕は狐色をした落葉の音をさして、はりつめた気持で雑木林を潜（くぐ）りぬけるのだ。（中略）

◇だれしも地方人ならば想ひ出すであらう！　あの遠い少年の頃を、そこには何と竹藪が青く高く空にまで生えてゐるか。かれ草の地肌にはずむ心臓を圧（お）し付け、緊張した眼は前方の樹木の枝を敏捷に降りて来る一羽の鳥に集中される。（中略）

◇僕は白い秋空の遠心に向って、そこに一心幽玄な白色の目白を現出したいのだ！　それで毎日毎日、今日も昨日も、つめたい山道のかげをはりつめた気持でたった一人歩いてゆく。チーチーと目白の口真似をしながら登ってゆく。この年の暮に、女房も子供も胴忘れして歩いてゐるのだ！（後略）

鳥好きの伸二郎が語る、目白へのオマージュである。昭和二年（一九二七）から七年（一九三二）まで杉並の阿佐ヶ谷に住んでいたが、のち、馬橋に移る。馬橋は高円寺に近い所で大きな公園（現在、馬橋公園）がある。さらに伸二郎は中央線を挟んで馬橋と反対側の松ノ木町に移り住む。その時、知り合ったのが版画家の棟方志功である。

棟方志功は次のように述べている。

蔵原伸二郎様が、杉並区の松ノ木といふところに居られましたころに初めて会ひました。目白といふ目のフチの白い鳥をとても可愛がってゐました。ナンだか、その頃のわたくしの目からは、色の白い奥様よりも、その鳥を大事にされて居た様に思はれました。――そんな事では、なかったのでせうが――さう見えたのでした。

これは棟方の回想文「蔵原伸二郎様」（『本の手帖』昭和四十年二月号）の一部である。また、棟方は鳥の餌を作っている伸二郎の様子を次のように記している。

> 毛織といふのでせうか、セルの様（やう）な巾（はば）の広いヒダが、上の方に付いてゐる前掛（まへかけ）をして、小鉢で鳥のエサを摺（す）ってゐました。それが、とても楽しさうでした。

これを読むと、小鳥の飼育に専心している蔵原伸二郎の姿が浮かんでくる。

38

昭和十四年（一九三九）十月、蔵原伸二郎の第二小説集『目白師』が「ぐろりあ・そさえて」から発行される。四六判の並製で函入である。表紙画は棟方志功。目次は二ページ、本文は三百四ページで、定価一円八十銭である。新ぐろりあ叢書の中の一冊である。

新ぐろりあ叢書の全貌をわたくしは見たことはないが、紅野敏郎がその全貌を紹介している（注2）。以下、その二十五冊を示す。

1. 伊藤佐喜雄　『花の宴』　昭和十四年十月
2. 蔵原伸二郎　『目白師』（同前）
3. 岩田　潔　『現代の俳句』（同前）
4. 前川佐美雄　『くれなゐ』（同前）
5. 保田与重郎　『ウェルテルは何故死んだか』（同前）
6. 中谷孝雄　『むかしの歌』　昭和十四年十二月
7. 森本　忠　『僕の天路歴程』（同前）
8. 芳賀　檀　『ドイノの悲歌』　昭和十五年三月
9. 山岸外史　『芥川龍之介』（同前）
10. 吉原公平　『ボグド・ビダルマサヂ』　昭和十五年四月
11. 木山捷平　『昔野』　昭和十五年七月
12. 小山祐士　『魚族』　昭和十五年六月
13. 平林英子　『南枝北枝』　昭和十五年七月
14. 斎藤　史　『魚歌』　昭和十五年八月
15. 津村信夫　『戸隠の絵本』　昭和十五年十月

16. 田畑修一郎『狐の子』昭和十五年十一月
17. 浅野　晃『楠木正成』昭和十五年十二月
18. 影山正治『みたみわれ』昭和十六年四月
19. 大山定一『詩の位置』＊発行年月未詳
20. 森　亮『ルバイヤット』昭和十六年六月
21. 外村　繁『白い花の散る思ひ出』昭和十六年七月
22. 田中克己『楊貴妃とクレオパトラ』昭和十六年十二月
23. 田中武彦『瑠璃』昭和十七年二月
24. 堀場正夫『遠征と詩歌』昭和十七年九月
25. 伊﨑浩司『討伐日記』昭和十七年十二月

このリストを見ると、小説、評論、翻訳、戯曲、歌集、日記など様々なジャンルの本がある。統一のない叢書であり、しかも、だんだん刊行する本の数が少なくなる。そして、戦争に関する本が増えていく。昭和十四年十月から昭和十七年の末に至る出版の状況が察知できる資料である。

この新ぐろりあ叢書の第二番に蔵原の小説集『目白師』がある。この本には次の作品が収められている。「鶴」「裏街道」「狸犬」「三六市」「目白師」「終山先生」「石隠居士」「いたち問答」「殺気」「青鷺」「鏡の底」「猿」「浮浪児」「越後の男」「意志をもつ風景」「谿谷行」。合計十六篇である。これらの作品は殆ど雑誌に発表したものである。ただ、「三六市」と「越後の男」の二篇が未発表なのか、それとも初出の掲載雑誌（或いは新聞など）が不明なのか定かでない。

「三六市」は単行本『目白師』の八十一ページから百十二ページまで（全三十二ページ）ある、比較的長い作品である。また、「越後の男」は二百六十八ページから二百七十五ページまで（全八ページ）のたいへん短い作品である。

「三六市」と「越後の男」は共に骨董屋の話である。

まず、短い方の小説「越後の男」は越後の骨董屋である下楽仁義（からくひとよし）の話である。関東大震災の翌年、下楽は妻と三人の子どもを連れて東京へやって来た。それは東京で表具屋をやっている友人の牧野尚雅（なおまさ）を頼っての上京であった。下楽は牧野の世話で、青梅街道の場末にバラックの一軒家を借りて骨董屋を開く。だが、東京の人がどんなものを欲しがるのか下楽には見当がつかなかった。それには十年ほどかかった。下楽は自分の家の先祖代々から家伝の名宝と言われてきた円山応挙（江戸中期の画家）の屏風を店の看板に掲げていた。そして、下楽は妻と子どもたちに「今に見ろ。これを二千円で売ったらお前たちに楽をさしてやる。今少しの辛抱だぞ！」と言う。しかし、応挙の屏風は十年経っても売れず、店の隅に立てかけてある。それから、下楽は家を何回か引っ越す。彼は金が無くて店を持てなくなったので、書画や瀬戸物の骨董を持って売り歩いた。書画などの骨董品は生活必需品でないので、そんなに売れることはない。また、うまく売り込んでも食うことが大変で儲けは少なかった。家の家賃も払えなくなった。そして、同じ骨董屋の仲間の品物を売り、トンズラするようになった。また、下楽は友人の牧野と、もう一人、指物師くずれの丹羽拙斎の三人で共謀し阿部氏（退役軍人でお金持ち）に「骨董店を開くからお金を貸してください」と頼み千円引き出した。だが、骨董店は開業しなかった。三人で千円を山分けして着服した。下楽は越後に逃げようとした寸前、警察に捕えられた。それを聞いて牧野と丹羽は逃亡した。そして、彼らはまだ捕まっていない。

「三六市」も骨董の話である。これは東京の市内で開かれる骨董市の話であるが、お客さんから見た話というよりも骨董屋（骨董業者）の内側の話である。作品の題名は羽田三六という男が仕切る骨董市から付けられた。三六は三十歳半ばで妻がいて、男の子が二人いる。三六は痩せた小男で精悍、利口そうである。落ち着いていて骨董商の仲間には信用がある。親から続く骨董商の二代目で、仲間からの信用が厚い。骨董業者が集まる三六市の会場は玄関から入った八畳の部屋である。競売（せりう）りを仕切るのが羽田三六である。このセリに集まるいろんな人の風貌や人柄が実に詳しく描かれている。読者はまさに、この競り市に出ているような気持ちになる。

この作品で最も事件らしいことが起こる。それは六十歳に近い小林という老人が他の人たちと競り合って、「緋縅の鎧」を四百円で競り落とすという所である。競りの最後は若い骨董業者の青野（刀を専門とする業者）が「三百五十円だ！」「三百七十円だ！」と小林老人と競い合う。しかし、軍配は小林老人に上る。ところで、この「緋縅の鎧」を売りに出したのは清さんという名の業者であり、この人も青野と同じく刀を専門とする骨董商だ。清さんはこの鎧を没落華族の公卿の奥さんから入手したという。

この鎧の競りには羽田三六も夢中になった。競りの売上金の合計は八百円であり、競りを仕切った羽田には四十円が入った。これはこれまでにない高額である。

小林老人は山梨県の都留の出身であり、東京に来てからは屑屋、古道具屋などをやっていた。今は妻と娘二人、それに長女の婿との五人暮らしである。老人の思い出で一番心に残っているのは、若い時、屑屋をやっていたときのことである。あるお屋敷の「品の好い爺さん」から「立派な絹の蒲団」や「年頃の女の美しい着物」を貰った。そして、それらを持ち帰ってたたんだりしていたら、ある所に血の跡の黒いものが付いていた。それは肺病で死んだ（爺さんの）娘さんのものだった。彼はそれをきれいにして古着屋に売った。すると、それらは百八十円ほどになった。「あんな、ぼろいもうけは今までになかった」と彼は目を細くして周りの人に言った。

最近は金が値上がりしている。小林老人は金を買うことで相当な利益を得た。そして、好い時期を見て金を売った。一日に五円か六円の利益を得た。彼は骨董市に出入りするようになり、三六市の常連になった。そして、骨董品を買って損をすることが多かった。だが、一人前の骨董屋になるには多少、損をしても止むを得ないと思った。そして、ついに、あの鎧を買ったのである。それから、しばらく、三六市に行くのを休んだ。

久しぶりに小林老人は三六市に出かけた。清さんの姿を見かけなかった。八王子から来たという男に「清さん、いないね」と小声で聞いてみた。すると、その男は気の毒そうな顔をして言った、「お前さん、大変な事になったよ。清公と青野の野郎め、あれ以来こねえんだよ。来たら引っつかまえて、ひでえ目にあわしてやろうと待ちかまえているんだが、……。あんた、あの時の出し物はみな、下町の回し物で、みな、偽物だとよ。青野と清公め、下町の野郎どもの手先になりやがって、売れ残りの偽物を持ち込んだとよ。座元の三六が下町にあの時の品を売りに行って分かったんだが、お前さんの鎧だって、せいぜい八十円になりゃええだろうぜ。なあ、三六さん！」八王子の男は興奮して言った。羽田三六も被害者で五、六十円損をした。

しかし、小林老人はしょげなかった。あれは俺のあの時の買い物が羨ましいからだと思い込んだ。「何、今に見てろ、あれを千両にしてみせる」彼はそう思いながら皆の話を聞いていた。

だが、八王子の男はいつまでも清公と青野のことを口汚く罵っていた。

この作品「三六市」は骨董に関する話としては抜群のユーモアとアイロニーを漂わせている。蔵原でなくては書けない作品であり、これは彼の親しい骨董商から聞いた話が基になっている。

39

蔵原の詩で時事的なことを作品にしたものが多くある。昭和十年代のまさに第二次世界大戦、日本と中国との戦争を題材とした作品である。その中で注目すべきは総合雑誌『日本評論』（発行、日本評論社）第十五巻第十号（昭和十五年十月号）に載った詩「光華門」である。

それは次のとおり。

光華門

驢馬(ろば)を下りて石橋をわたれば
これ光華門

太陽　もゆるがごとく
汗　おのづから塩となる
高き城壁の一角　野草繁るところ
あゝ　瓦礫　散乱して
馬骨のなほ累々たるあり
巨大の昼顔　白骨を巻きて怪しく咲けり
雄魂に祈りをささげ城門をくぐれば
左右に相対して衛兵たてり
一は皇軍の勇士　他は新政府の女警なり
勇士の士気　厳然たれども
女警の媚態　悲しげにして
恋歌の声　ひとり　切々とし流る
孟夏の七月午後二時
ふと見上(みあげ)る　南京城頭の日章旗

この詩は中国の南京城を攻撃した事件の後に作られたものである。昭和十二年（一九三七）

十二月、日本軍が南京を攻撃し、戦果を得た。南京陥落をテーマにした交響曲「光華門」も作られている。作詞は中勘助、作曲は橋本國彦。東京放送管弦楽団による演奏が残っている。

なお、蔵原のこの詩「光華門」は後に詩集『戦闘機』（鮎書房　昭和十八年七月）に所収される。『日本評論』に掲載の初出稿と比べると、殆ど異同はない。但し、二箇所は指摘しておく。第一は三行目の「太陽　もゆるがごとく」が「太陽　もゆるごとく」に、第二は九行目の「雄魂に祈りをささげ城門をくぐれば」の雄魂を勇魂に変えていることである。

ところで、この詩「光華門」にうたわれている背景を押さえておく。岩波書店編集部編『近代日本総合年表』（岩波書店　一九六八年十一月）から引用すると次のとおり。

昭和十二年（一九三七）八月　日本軍が南京政府と全面戦争を開始。
同年十一月五日　日本軍が杭州湾の北岸に上陸。
同年十一月二十二日　関東軍（日本）が指導し現地で蒙彊連合委員会を結成。
同年十二月十二日　日本の海軍機が揚子江付近で米艦パネー号を撃沈。
同年十二月十三日　日本軍が南京を占領し、大虐殺事件を起こす。

この中の南京での大虐殺事件がどのようなものであったのか。松村明ほか編『大辞林　第二版』（三省堂　一九九九年十月）の「南京大虐殺」は次のように記している。

日中戦争さなかの一九三七年（昭和十二）十二月から翌年一月にかけて、南京を占領した日本軍が中国軍民に対して行なった大規模な暴行略奪虐殺事件。このとき殺された中国人の数は、極東軍事裁判では二〇万人以上、中国側の発表では三〇〜四〇万人とされる。

また、各種の単行本や雑誌を見ると、昭和十二年（一九三七）十二月十三日、南京城の光華門の上で連隊長の脇坂二郎大佐ほか多くの日本軍兵士が軍旗を上げて皇居を遥拝する姿があるところで中国では近年、この惨事を悼む行事が行われている。今の南京市に光華門遺跡公園がある。毎年、十二月十三日の少し前（十二月十日くらい）に国家追悼日という慰霊祭がそこで挙行されている。南京大虐殺での遺族たちもそこに集まる。わたくしはその慰霊祭の写真を見た。子どもたちも参加し、線香をあげ、花を手向けている。日本でも終戦記念日や原爆慰霊の日の報道がなされているが、中国でも同じことが行われているのである。戦争というものが人をいかに苦しめるかということがはっきりとわかる。

40

ところで、萩原朔太郎が昭和十七年（一九四二）五月十一日、東京市世田谷区代田の自宅で亡くなった。肺炎であり、享年五十七歳。その時、蔵原伸二郎は東京市世田谷区の玉川奥沢町に住んでいた。近くには作家の石坂洋次郎が住んでいた。

石坂は蔵原と慶応義塾の文科の同期生である。石坂は学生時代の蔵原を次のように述べている。

> 学生時代、蔵原が何をする人間であるか分らないうちから、その特異な風貌にまず牽（ひ）きつけられた。長身で、片方の肩をそびやかすようにして歩き、細面で、目の色の碧（あお）いのが何よりも印象的だった。歩き方もヒョウヒョウとして常人ばなれがしていた。全体の感じがエキゾティクだった（注3）。

石坂が蔵原の近くに住んでいたと述べたが、当時の石坂の住まいは近くであるが世田谷区ではなかった。石坂は大田区田園調布の借家に住んでいたのである。

二人は大学を卒業してから、ずいぶん会わなかった。しかし、蔵原は二度ほど石坂のところを訪問した。そして蔵原は石坂に骨董品の話をしたという。

それから太平洋戦争になり、石坂は報道班員としてフィリピンに派遣される。また、帰国すると郷里の青森県弘前に疎開する。このように二人は離れ離れになった。

さて、戦争の烈しくなった昭和十七年（一九四二）五月に萩原朔太郎が亡くなった。その悼詩を蔵原は雑誌『文芸世紀』昭和十七年（一九四二）七月号に発表する。そして彼はその詩を詩集『戦闘機』（鮎書房　昭和十八年七月）に収めた。

『戦闘機』所収の「悼詩（萩原朔太郎先生）」は次のとおり。

ああ
先生は世にも得がたい
姿なき青猫となられ
ふしぎな匂ひとなられ
はてしれぬ蒼天の深き道を
ひとり飄々（へうへう）と歩み去られた
かぎりなき寂寥が
その道の奥から流れてくる

短い詩であるが、朔太郎の特徴をよく捉えている。伸二郎は『戦闘機』の中に南部修太郎と水上滝太郎の追悼文を収めている。南部修太郎追悼文の初出は『三田文学』昭和十一年（一九三六）八月号に載った「南部さんのこと」であり、水上滝太郎追悼文の初出は『三田文学』昭和十五年（一九四〇）五月臨時号に載った「先生の思ひ出」である。どちらの文章も親しい文章というよりも、先輩や先輩以上の大先生についての回想文であり、恐る恐る筆を執ったという感じが否めない。

そして、この萩原朔太郎先生への追悼詩は短いが、ポイントをしっかりと押さえた「尊敬する先輩詩人」への「お別れの言葉」である。

さて、これ以後蔵原はどのようにして生きていくのだろうか。

注

（1）新興芸術派の中心と見られている久野豊彦に関する文献で蔵原研究に参考となるのは、嶋田厚の論考「久野豊彦ノート」（岩波書店『文学』一九七一年八月号）である。嶋田は浅原六朗（作家）、守屋謙二（慶応義塾大学名誉教授）、小松種子（久野豊彦の妹）らに取材してこの論考を作成した。この論考の中で嶋田は蔵原伸二郎は『葡萄園』の「新感覚を担った」人だと記している。

また、久野豊彦の主要作品は次のとおり。

・『第二のレーニン』（春陽堂　昭和二年十二月）

・『聯想の暴風』（新潮社＊新興芸術派叢書　昭和五年四月）

・『新芸術とダグラスイズム』（天人社＊新芸術論システム　昭和五年五月）

・『ボール紙の皇帝万歳』（改造社＊新鋭文学叢書　昭和五年七月）

・『新社会派文学』（厚生閣　昭和七年七月）＊浅原六朗との共著

・『人生特急』（千倉書房　昭和七年十一月）

（2）紅野敏郎「「新ぐろりあ叢書」のすがた——昭和十年代文学再検討——」（筑摩書房『展望』一九七七年十二月号）参照。なお、当時、ぐろりあ・そさえてから出た詩集に大谷忠一郎の詩集『大陸の秋』（昭和十六年十二月刊行）がある。「新ぐろりあ叢書」には入っていないが貴重な詩集である。

（3）石坂洋次郎「ある詩集」（『別冊文芸春秋』第九十五号　一九六六年三月）。

第九章　戦中から戦後へ　――埼玉へ移住――

41

詩集『東洋の満月』（生活社　昭和十四年三月）は菊判上製の函入りで目次八ページ、本文一五二ページである。跋を保田与重郎が書いている。

蔵原は太平洋戦争が終わるまでに『東洋の満月』を第一として全四冊の詩集を出している。第二冊は『戦闘機』（鮎書房　昭和十八年七月）であり、第三冊は『天日のこら』（湯川弘文社　昭和十九年三月）であり、第四冊は『旗』（金星堂　昭和十九年三月）である。昭和十九年（一九四四）三月に二冊の詩集を出しているのは意外というか、不思議に思う。しかし、厳密に言うと『天日のこら』は昭和十九年（一九四四）三月十日の発行であり、『旗』は同年三月二十日の発行である。

昭和十九年（一九四四）は太平洋戦争の末期であり、政府が帝都の重要地帯の役所と住民を疎開させる方針を立てていた。すなわち、官庁を地方に疎開させるという方針である。また、閣議では戦力増強のために企業整備の要綱を決定した。それは特に繊維関連の工場・機械・労働力を軍需工業に転移するものである。そのような逼迫した状況の下、蔵原の二冊の詩集が出版できた。それはやはり、戦意高揚に資する出版ということで承認されたのである。

『東洋の満月』の装幀を担当したのは棟方志功である。棟方は昭和十一年（一九三六）の国画展に出品した「大和し美し」で著名な版画家である。棟方は雑誌『コギト』の発行所であった肥下恒夫宅の近くに住んでいた。そして、蔵原は保田を伴って、よく棟方の家を訪れた。そのことは小高根二郎の著書『棟方志功――その画魂の形成――』（新潮社　一九七三年三月）の第十三章「浪曼派との通交」〈2　伸二郎と与重郎〉が詳しく書いている。

詩集『東洋の満月』は蔵原伸二郎の第一詩集であり、蔵原はその序文を萩原朔太郎に書いてもらいたかった。しかし、本当に朔太郎は書いたのだろうか、それとも書かなかったのだろうか、その辺の真偽は定かでない。

このことに関して蔵原は次のように書いている。

私は処女詩集『東洋の満月』出版の話があったので先生（＊竹長注記、萩原朔太郎を指す）に序文をいただこうと決心した。その序文は直ちに書いてもらったが、どうした事か出版主が、事もあろうにその序文を紛失してしまったのであった。十年も行かないで快諾してもらったものを、私が紛失したのではないが、再び書いて下さいとはどうしても言えないのであった。いよいよ本が出る頃になって、私はおわびの手紙を書いた。先生から何の返事も来なかったが、おそらく不快であったにちがいない。私は又行きにくくなってしまった（注1）。

『東洋の満月』への萩原朔太郎の序文は、はたして存在したのだろうか、それは未だ明らかにされていない。昭和十三、十四年の朔太郎は元気だったのだろうか。彼は昭和十三年三月、評論集『日本への回帰』を出版し、その後、ほぼ沈黙する。蔵原の第一詩集には序文を書きたかったのであろうが、病状が進行していた。そのような状況を考えると、朔太郎は序文が書けなかったのではないだろうか。わたくしはそのように考える。出版主が序文を紛失したというのは仲二郎の思い過ごしだと判断する。

『東洋の満月』の末尾箇所に収録されている「遠征軍の歌」（初出は『三田文学』昭和十二年十月）「撃滅せよ」（初出は『四季』昭和十二年十月）「内蒙軍におくる歌」（初出は『三田文学』昭和十二年十月）「亡民」（初出は『四季』昭和十四年一月）は確かに戦争に関する詩である。

これらの戦争詩を読んで気付くのは次の三点である。第一は、日本軍隊の無敵無双さを褒め称える一方で、敵の実体がはっきりしないこと。第二は、日本軍が蒙古民族に対して「われら民族よ」「仲間たちよ」と呼びかけ、欧米的なものに銃口を向けていること。第三は、日本軍隊は中国を欧米から救うためにやって来た「神」であると規定していること。そして、いずれの詩も蒙古民族と中国民族に対して「汝ら、とどまりて」(お前たち、そこに居て)日本軍の「恵」(めぐみ)を受けよと呼びかけている。

このように『東洋の満月』所収の詩はいちいち、紹介しないが、まとめると、次の特徴を持っている。すなわち、大日本帝国は同じ東洋民族として、蒙古と中国に対して激しい敵意識を持っていない。激しい憎悪の念で敵意識を持つのは欧米に対してである。だから、蒙古と中国に対しては宥和的な呼びかけに終わる詩もある。まるで空谷に吠える狼のようである。そして、欧米に対してはまだ昭和十三、十四年の時点では欧米と激突するというところまで行っていない。それ故、欧米憎しという感情が強く高まっていない。

しかし、詩集『戦闘機』(鮎書房　昭和十八年七月)に近い昭和十六年(一九四一)になると、その感情が大いに強く高まる。

雑誌『文芸世紀』(発行・文芸世紀社、編集発行人・中河与一)昭和十六年(一九四一)四月号に載った仲二郎の詩「花未だ開かず」は次のとおり。

深山と高山は
のぼるにしたがひ
植物の生態を異にする
陰湿の陽かげをこのむもの
日南の岩石をこのむもの
極度の乾燥に耐ゆるもの
しかも彼等の欲する風物の中にありてのみ
かれらは好適最美の花を咲かしむ
われら民族また
上に聖天子をいただき
下　好適の大地に立ち
悠久二千六百年の間
われらの米を作り　われらの麦を啖る
かくてなほ
われら独自の豊麗壮美の花　咲かずとせば
われら未だ　かの山草だに及ばず

あゝ　その罪　いづこにありや

この詩は後に詩集『戦闘機』（鮎書房　昭和十八年七月）に所収される。十三行目の「啖（むさぼ）る」は「啜（すす）る」の誤植だと判断する。麦飯の粥（かゆ）を啜るというのが作者の本意だと判断する。この詩は日本国が未だ世界の表舞台に出られないことを悔やんだ作品である。よって、我々は奮起して世界の表舞台に立とうというのであるが、それができない「われらの罪」はいったい、どこにあるのだろうと作者は読者に呼びかけている。

深山と高山に生育する山草に我らは未だ追いついていない。その罪はいったいどこにあるのだろうと作者は述べているが、本当は罪というよりもその原因の追求が必要である。この詩は戦時下の日本国民に士気を煽る作とみてしかるべきである。

42

昭和十三年から十六年の間の蔵原伸二郎の詩で最も注目する詩がある。それは雑誌『知性』（河出書房）昭和十五年（一九四〇）三月号に載った詩「乾いた自然」である。この詩は蔵原のどの詩集にも収録されていないが、蔵原研究に於いては黙過できない。その詩を示すと次のとおり。

三ヶ月も雨がふらないで
一切の風物が乾燥してくると
わたしは全く自信がなくなってくる
独創への希望も失ひ
発見への新しい意志をも失ひ
一枚の枯葉のやうに
わたしは只(ただ)乾いた感情を抱いて
町や村々の道をあるき廻った
どこを歩いても同じやうに
乾いた空があり
乾いた鶏がゐて乾いた声で鳴いてゐた
人間の声も鶏のやうで
ああ　どこへいっても

人間らしい自信はなかった
あの高い物見のてっぺんに立って
じっと動かない人は
いったい何を考へてゐるのだらう

この詩「乾いた自然」は、雑誌『コギト』昭和十四年（一九三九）三月号に収録の詩「乾いた路（みち）」と関連がある。

関連のある詩「乾いた路」は後に詩集『戦闘機』（鮎書房　昭和十八年七月）と詩集『乾いた道』（薔薇科社　昭和二十九年五月）にそれぞれ所収される。

それでは、詩「乾いた路」を次に示す。

その路はからからに干乾（ひから）びてゐた
村全体が乾いてしまった
一匹の白い雉（きじ）が風に吹かれてゐた
ひいらぎの葉っぱがいぢけて尖（とが）ってゐた
老婆が石垣の上からわたしをにらみつけた

わたしもにらみ返した
お互ひに見たくもない自分を見たのだらう
わたしは気ぜはしく　その寒村をすぎ
切通し坂をのぼっていった
赤土がぼろぼろと落ちてきた
わたしの喉(のど)も乾いてゐた
思想も感情も草のやうに干上(ひあ)がってしまった
どこへゆかうとするあてもない
いっそう　乾いた方へのぼって行った

これは詩集『戦闘機』所収の詩「乾いた路」である。前掲の詩「乾いた自然」と同様に戦時色は見られない。そして、乾いた自然や路という自然風景の詩が蔵原伸二郎の詩の特徴であることが明らかである。もちろん、そのような乾いた自然や路の様子だけが詩になっているのでなく、そこを通る動物（鶏、雉）や人（わたし、物見台のじっと動かない人、老婆）の姿も詩になっている。これはまさに、蔵原伸二郎独特の個性的な描写である。これは一種の虚無的風景であろう。

詩「乾いた路」（昭和十四年）から詩「乾いた自然」（昭和十五年）へ続いた情念は詩集『戦闘機』（昭和十八年）で終始することなく、昭和戦後の詩集『乾いた道』へとつながっていく。

43

昭和二十年（一九四五）三月九日から十日にかけて、東京市内はB29の爆撃を受けて火の海と化した。特に江東地区では二十三万戸が消滅し、死傷者が十二万人となった。東京の劇場や映画館も多く焼失した。そんな中、市内に止まる人は少なく、多くの人は地方へ地方へと逃げ回った。また、地方においても地元の人はともかく、町から移ってきた人は一ヶ所に安住することができず、次から次へと住まいを変えた。

蔵原伸二郎とその家族は東京大空襲の後、疎開を決意する。彼らは世田谷に住んでいて直接の被害は受けなかった。しかし、伸二郎は下町の方の空がそれまで見たこともないものすごい赤さで燃えるのを見て、呆然とした。それから昭和二十年（一九四五）四月、大空襲を逃れて東京の郊外である西多摩郡小曽木（おそき）村岩蔵（いわくら）へ避難した。だが、そこに安住することができず二ヶ月ほどで埼玉県入間（いるま）郡吾野（あがの）村字（あざ）三社の個人宅へ移る。それは上海から引き揚げてきた長兄の蔵原惟邦から借家を探すよう頼まれていたからである。この三社の家で伸二郎らは惟邦の家族と間借り生活を送る。しかし、程無く長兄の家族が信州に借家を見つけて移る。

それから伸二郎とその家族は吾野村で一年三ヶ月ほど過ごし、歯科医吉良憲夫(きらのりお)の紹介で埼玉県入間郡飯能(はんのう)町に移る。それは昭和二十一年(一九四六)八月からである。伸二郎は飯能が好きになり、この土地で長く暮らしたいと考える。しかし、一時、飯能町を出て近くの豊岡町(現、入間(いるま)市)に住む。それは昭和二十六年(一九五一)一月から昭和二十八年(一九五三)の夏までである。

伸二郎は再び飯能に戻る。それは昭和二十八年(一九五三)八月である。飯能はその時、町から市に変更していた。伸二郎は川のそばで川を見下ろす高台の家に住む。それが飯能市河原町二八一という住所である。彼はこの家に終生、住む。

蔵原伸二郎の昭和期戦後の人生が始まった。伸二郎四十七歳からの人生である。

44

前章で足早に蔵原の疎開と戦後のことを記したが、そのことをもう少し詳細に述べておく。

昭和二十年（一九四五）四月末、蔵原は西多摩郡小曽木村の借家から作家の吉川英治を訪ねて青梅に向かった。その詳細は蔵原伸二郎のエッセイ「HANNO」（飯能文化協会刊『武蔵文化』昭和二十三年二月と四月に掲載）に示されている。

伸二郎は青梅の駅から奥多摩行きの電車に乗り日向和田で降りた。そこから多摩渓谷にかかる橋を渡ると吉川邸の大きな門があった。門の所で丹前を着た人がいた。その人が吉川だった。遠くから見た吉川の姿は「すきの無い」芸術家という堅い感じであったが、蔵原が近づいて名刺を差し出すと、すぐ「世なれた和やかな世間人の表情」に変化して、やさしく「この突然の訪問」を歓迎してくれた。

それから蔵原は家の中で吉川といろんな話をする。吉川が陶器が好きだということを蔵原は知っていたので、「いよいよ最期が来たら、好きな茶碗一つ懐に入れて逃げ回るんです」と冗談交じりの話をする。「敗戦的な不安」が忍び寄っていた時世だから、そんな話をした。吉川は「わっはは……」と笑って「それは面白いね」と小声で言った。

そして、この話の末尾は次のとおり。

帰りがけに、私は奥さんから自分で作られたといふ大根を三本頂戴した。不安な気ぜわしい逃避行の途上、この僅か三十分の訪問ほど私の心に明るさと温かさが精神の花のやうに匂ったことは未だかつて無いことであった。人間は恐らく九十九人に裏切られても本当に絶望するには未だ早いのだ。どこかに残りの只一人がゐるにちがひない（注2）。

この箇所を読むと、三本の大根に心を震わせた伸二郎の気持ちが察せられる。当時は戦時下で食糧難であったから。それにまた、この文章「HANNO」に表れている伸二郎の人間性（人となり）が後年、飯能の多くの人々に親しまれ、慕われていく基盤である。小鳥と茶碗、そして大根、それらが彼にとっての文学の素材そのものであった。

西多摩郡小曽木村から埼玉県入間郡吾野村に移り住んだ時のことで、一つのエピソードがある。それは人気のない山道を歩いていた蔵原が詩人の千家元麿に出会ったというものである。このことは蔵原の著書『詩人の歩いた道』に詳しい。

その一節は次のとおり。

幻覚かしらと、一寸ぞっとした気持になって振り返ると、もう早足の千家さんの後姿は十間も向うに行ってしまって、日暮れの杉林を過ぎて明るい夕日の残照の中に出てゆくところであった。千家さんは陽のあたった背後の岩壁にくっきりと浮き出ていた。しぶいねずみ縞のモンペに下駄ばき、背は低い方で、とても充実した身体つきで、やや早足で歩かれる。顔は赤銅色に輝いて、その眼元に普通人と全くちがった光彩を感じた。そして左肩に短く古びた絵具箱が下がっていたのだ（注3）。

伸二郎はいつまでもその後姿を見ていたが、千家は一度も振り返らなかった。一人ぼっちで山道を歩いていた伸二郎は、千家元麿の姿を間近に見て、心が「急にあたたまる」のを感じた。「幻覚かしら」といい、「日暮れの杉林」といい、まるで夢を見ているような風景である。伸二郎が吉川英治と会うことによって戦時下の暗さ（暗い気持ち）を一瞬、「明るさ」に変えたように、人気のない山道で偶然、先輩詩人の千家元麿に出会ったことは伸二郎にとって「心の救い」である。

45

昭和二十年（一九四五）八月六日は広島に、九日は長崎に、それぞれ原子爆弾が投下された。そして日本はポツダム宣言を受け入れ、十五日に太平洋戦争が終結する。瓦礫の街々には粗末な服装で疲弊した人々が集まり、食べ物を探し求めた。闇市があちこちに立つ。八月三十日、連合国軍総司令部（ＧＨＱ）のマッカーサー長官が神奈川県の厚木飛行場に到着した。それ以後、日本は連合国軍総司令部による様々な改革がなされていく。

一年後の昭和二十一年（一九四六）八月二十七日、蔵原伸二郎は入間郡吾野村から飯能の町内に移住する。それは吉良歯科医院の敷地の一角であった。

歯科医院の院長吉良憲夫は明治四十一年（一九〇八）、熊本県阿蘇町狩尾に生まれた。熊本の鎮西中学校を卒業し、日本大学の歯科医学校に進み歯科医となった。そして昭和七年（一九三二）、埼玉県飯能に歯科医院を開業した。彼は骨董収集と俳句が趣味で、両方に力を入れていた。

吉良憲夫は戦時中、大政翼賛会に参加し、その中で作家の下村湖人と知り合った。吉良は戦後、悲惨な暮らしをしていた下村湖人を飯能に呼び寄せ、「封鎖預金」で入手した二軒の家（本宅とは別の家）の一つを下村湖人にさし上げた。もう一軒は蔵原伸二郎に貸した。それが蔵原の住んだ入間郡飯能町一丁目一四〇の借家である。彼はここに昭和二十五年（一九五〇）の年末まで住む。

下村湖人は明治十七年（一八八四）の佐賀県生まれで、作品『次郎物語』でよく知られている。戦時中、日本少国民文化協会の常務理事であったが、昭和二十年（一九四五）五月、戦災で高田馬場の家屋が消失し妻も失った。それ以後、転々として防空壕で暮らしていたが、昭和二十一年（一九四六）八月、吉良の別宅に住む。しかし、再び上京して執筆を続けるが、昭和三十年（一九五五）四月、脳軟化症と老衰で亡くなる。享年七十一歳。

吉良憲夫も下村と同じ九州の生まれであるが、佐賀でなく熊本である。しかも阿蘇であるから蔵原と郷里が近かった。そして吉良は蔵原より九つ年下である。吉良は郷里の先輩蔵原を飯能に招いたのである。

吉良憲夫は文化人であった。昭和二十一年（一九四六）に飯能文化協会を起こし雑誌『飯能文化』等を発行する。また、俳人の水原秋桜子、石田波郷、石塚友二らに師事した。そして句集『名栗川』（爽籟社　昭和四十七年六月）を出版する。

46

吉良憲夫が「封鎖預金」で入手した二軒の家とは、入間郡吾野村の材木屋から買ったものである。それは造りの簡単な家でプレハブ住宅のような家だった。その一つを知人の下村湖人に譲った。

もう一つの家は自宅の庭の一角に置いた。そこに蔵原が住むことになるが、その家を蔵原に紹介したのが、蔵原の骨董仲間の油谷士郎である。油谷は東京の巣鴨で骨董屋をやっていて伸二郎と顔馴染みであった。

蔵原伸二郎はこの家（吉良憲夫の持ち家で、住所は入間郡飯能町一丁目一四〇）に昭和二十五年（一九五〇）の年末まで住む。

伸二郎はなぜ飯能を一時、出なければならなかったのだろうか。それは吉良憲夫が熊本の親を呼び寄せてここで一緒に住むことになったからである。伸二郎はそれで飯能で別の家を借りた。そして、そこに一ヶ月ほど住んだ。しかし、そこは住み心地が悪く、昭和二十六年（一九五一）の年明け早々に豊岡町扇町屋（現、入間市）に移った。

そして昭和二十八年（一九五三）八月、飯能市河原町二八一の借家に住む。家の下に名栗川が流れている。家はその川を見おろす崖の上にある。米穀商戸田孝次（戸田屋米店）所有の借家である。この家を蔵原に紹介したのは新井清寿と小谷野寛一である。蔵原とその妻は道路の向こう側に住む建具師の加藤武次、まさ夫妻と親しく往来し、約十一年五ヶ月の長きにわたってここに住んだ。

蔵原伸二郎の昭和戦後期の居住地を弁別すると、次のようになる。

第一期……（昭和二十一年七月～二十五年十二月）飯能町（現、飯能市）居住

第二期……（昭和二十六年一月～二十八年七月）扇町屋（現、入間市）居住
第三期……（昭和二十八年八月～四十年一月）河原町（現、飯能市）居住

仲二郎の文学活動に照らしてみると、第一期は、第五詩集『暦日の鬼』（麒麟閣　昭和二十一年七月）、詩論書『現代詩の解説と味ひ方』（瑞穂出版　二十四年六月）、詩論書『詩人の歩いた道』（梧桐書院　二十五年五月）がある。

第二期は殆んど単行本はなく、第三期に第六詩集『乾いた道』（薔薇科社　昭和二十九年五月）第七詩集『岩魚』（詩誌『陽炎』発行所　昭和三十九年六月）第八詩集『定本　岩魚』（詩誌『陽炎』発行所　昭和四十年十二月）と詩論書『東洋の詩魂——近代日本の詩人たち——』（東京ライフ社　昭和三十一年二月）がある。

そして蔵原伸二郎の没後、『蔵原伸二郎選集　全一巻』（大和書房　昭和四十三年五月）『蔵原伸二郎小説全集　全一巻』（奥武蔵文芸会　昭和五十一年八月）がある。

47

蔵原伸二郎の戦後第一期から見てみよう。第五詩集『暦日の鬼』（麒麟閣　昭和二十一年七月）は詩篇の間あいだに散文が適当に配置されている。そして、題名の「敗戦途上」や「闇市」など戦後の事象事物を作品にしている。これらから伸二郎の敗戦意識や戦後意識をうかがうことができる。そして、詩は殆んど文語調である。

例えば詩「切干の詩」は次のとおりである。

石多き山村の夕べなり。
落日は山巓に光りたれども
わが希望は黄昏の寂寥にあり。
全山　骨片のごとき
落葉樹林の中より
はや　夕月はのぼりきたれり。
かくて自然は
無限に回帰するとも、
わが実在の時は
何時の日か断絶せん！

鳥らすでに山を下れるか、
山村すべて荒涼のうち
冬まさに北方より来らんとして、
まづ　白き風ふくなり。
白き風ふきゆくところ
わづかに甘藷の切干を乾し——
人生をこれに托せんとす
石多き山村の夕べなり。

また、次の詩「朝鮮人のゐる道」は次のとおり。

冬の山道なり。
残照　明るきところ、
三人の朝鮮人　立ちゐたり。
彼らの頭上に白い雲が輝き、
背高き一人はアメリカ煙草をふかし、

一人は苦き顔して論議し、
肥えたる他の一人は黙然たり。
（中略）
わが愛する朝鮮の人々よ、友よ、
ともに和敬と静寂とをたづねて
蕭条たる疎林の中に消えてゆく、
あの一本の山道を歩いてゆかう。

冬の山道に立って話をしている三人の朝鮮人の姿を描き、詩の最後は「あの一本の山道を歩いてゆかう」という誘いの言葉で終っている。日本に住んでいる彼ら朝鮮人の家は歪んでいる。そして、その家の前に青い衣服を着た少女が立っている。その彼等たちに「あの一本の山道を歩いてゆかう」と呼びかけて、いったいどうしようというのだろうか。たいへん不明瞭な詩である。

中原中也の詩集『在りし日の歌』（創元社　昭和十三年四月）に詩「朝鮮女」がある。それは次のとおりである。

朝鮮女の服の紐
秋の風にや　縒(よ)れたらん
街道を往(い)く　をりをりは
子供の手をば無理に引き
額顰(ひたひしか)めし汝(な)が面(おも)ぞ
肌　赤銅(しゃくどう)の乾物(ひもの)にて
なにを思へるその顔ぞ
われもうらぶれし

（以下、略す）

この詩のうたい方は抒情的であるが、作者は対象の人物と事物をしっかりと見つめている。そして、対象とする事物と作者との間に緊張感があふれている。

こうして蔵原の詩「朝鮮人のゐる道」と中原の詩「朝鮮女」とを並べてみると、蔵原の詩は戦後の特異な風景を見つめながら、風景のとらえ方が表層的である。あっさりしすぎている。だから、この詩の読者には緊張感を生みだせない。

また、第五詩集『暦日の鬼』には「沙漠」「天下雄関」「敦煌」など蔵原の幻想を支える詩が主になっている。それらは中央アジアの西域地方、そして自分の出身地阿蘇などをモデルとしたものである。しかし、この詩集にはそればかりではないものが入っている。戦後の新しい出発を目指して、跳躍しようとする詩「筍（たけのこ）」や、戦後には何も期待しないという虚無や寂寥の境地をうたった詩「切干（きりぼし）の詩」（＊前掲、参照されたし）がある。つまり、第五詩集『暦日の鬼』を、散文を除いて詩のみで見る限り、蔵原伸二郎の戦後意識は様々に揺れ動いていたと判断することができる。

＊【附記】……重要なことを一つ、附記しておく。蔵原伸二郎研究で殆ど記していないことがある。それは蔵原の詩集『暦日の鬼』（麒麟閣　昭和二十一年七月）の後に詩集『山上の舞踊』（彩光社　昭和二十二年三月）が存在するということである。この本『山上の舞踊』の中身は『暦日の鬼』と全く同じであり、詩と散文を収めている。詳細は三好達治編『日本現代詩大系　第九巻』（河出書房　昭和二十六年十月）に拠る（注4）。

48

戦後の蔵原伸二郎の文学活動を追究する場合、埼玉県飯能の地で刊行された地方文芸誌とのかかわりが無視できない。具体的にその誌名を並べると、『飯能文化』『武蔵文化』『雑草』『陽炎』である。

まず、『飯能文化』と『武蔵文化』について述べる。

『飯能文化』は昭和二十二年（一九四七）八月一日に創刊号を出した。発行所は「入間郡飯能町一の二七　小川医院内　飯能文化協会」であり、編集（及び原稿の届け先）は「入間郡飯能町一の一四〇　吉良歯科医院内　飯能文化編輯所」、印刷所は「入間郡飯能町　一誠堂印刷所」である。創刊号の表紙は樋口五峰の手になる野アザミの花。

敗戦後の人々の「心の欠乏」を埋めんとして刊行された郷土文化誌である。この創刊号に吉良は随筆「飯能焼雑感」を寄せ、蔵原は短篇小説「野兎と蘭の話」を寄せている。

蔵原は創刊号の後、次の作品を寄せている。第三号（昭和二十二年十月）に詩「きちがひ茄子の歌」と詩「野薊」、第四号（昭和二十二年十一月）に詩「鴉」を寄せている。

短篇小説「野兎と蘭の話」は初出であるが、詩「きちがひ茄子の歌」は既出の詩集『旗』（金星堂　昭和十九年三月）から、詩「野薊」は既出の詩集『戦闘機』（鮎書房　昭和十八年七月）からの再録である。そして、詩「鴉」はこれが初出である。この詩「鴉」は後に改訂されて詩集『乾いた道』（薔薇科社　昭和二十九年五月）に所収される。

この時期、蔵原が小説を発表しているのは注目されるが、短篇小説「野兎と蘭の話」は後に蔵原の死後、子弟たちが刊行する『蔵原伸二郎小説全集　全一巻』（奥武蔵文芸会　昭和五十一年八月）に収録される。

ところで、『飯能文化』は第五号（昭和二十二年十二月）をもって終刊する。そして、同じ飯能文化協会が誌名を『武蔵文化』に変更して刊行する。『武蔵文化』創刊号（昭和二十三年一月）は第二巻第一号、通巻第六号としているから、誌名は変更したが雑誌の精神に変更はない。飯能という地域をもっと広げて武蔵としたものと判断する。

『武蔵文化』に発表した伸二郎の作品は次のとおりである。

・第二巻第一号（昭和二十三年一月）
［詩］　鹿山峠、多峰主山
・第二巻第二号（昭和二十三年二月）
［小説］　HANNO
・第二巻第三号（昭和二十三年三月）

詩選評

・第二巻第四号（昭和二十三年四月）

［小説］　HANNO

・第二巻第五号（昭和二十三年五月）

［詩］　虚空の精舎

・第二巻第六号（昭和二十三年六月）

［詩］　思ひ出の花

・第二巻第七号（昭和二十三年七月）＊この号で終刊

［詩］　日蝕の午後

『武蔵文化』に「HANNO」と題する小説を二回発表しているのが興味深い。題名は同じだが、中身は異なる。また、この後、昭和二十八年（一九五三）の雑誌『文芸日本』三月号に蔵原は小説「野鍛冶馬助の話」を発表している。これら三篇の小説はすべて『蔵原伸二郎小説全集　全一巻』（奥武蔵文芸会　昭和五十一年八月）に収録されている。蔵原は昭和初年にたくさんの小説を書いていたが、その名残が昭和戦後に再び芽を出したのである。しかし、蔵原には散文をもう一度、花咲かせたいという気持ちはなかったとわたくしは思う。

「HANNO」の二篇は俗に言う詩的散文である。また、「野鍛冶馬助の話」は飄々とした味わいのコントである。蔵原に散文の才能があるにしても、これらはいずれも本格的な小説ではない。本格的な小説に程遠い散文スケッチである。

49

蔵原の関係する次の雑誌は『雑草』と『陽炎(かげろう)』である。

まず『雑草』から見てみよう。これは昭和二十五年(一九五〇)五月一日、創刊号が出た。A4のサイズでガリ版刷り、全二十三ページである。編輯人は土屋稔、発行人は田中順三、発行所は「(入間郡飯能町)原町九三　土屋方　雑草の家」となっている。創刊号の中身は次のとおり。

・[巻頭言]「雑草」発刊に寄す　蔵原伸二郎
・[詩]　素描　榎戸世志男
　お隣の老人について(＊他二篇)　土屋稔

・［短歌］　肺切除術　　　　　　　　遠藤町子
　　　　　小さき日に、ある挽歌　　赤田健一
・［小説］　夜　　　　　　　　　　　森　和夫
　　　　　ブルーベリイ・ヒル　　　田中愛祐

蔵原の［巻頭言］は実に力のこもったものであり、同人の若者たちを励ますメッセージである。

この『雑草』に寄せた蔵原の作品は次のとおりである。

・第二号（昭和二十五年七月）
［エッセイ］　三つの時間
・第三号（昭和二十五年九月）
［詩］　荒野抄（＊スケッチの詩五篇）
・第四号（昭和二十五年十一月）
［詩］　女性像（＊「コスモス」「秋風の歌」「美しい婦人」の詩など五篇）
・第五号（昭和二十六年二月）

［詩］　荒野抄（＊スケッチの詩十二篇）
・第七号（昭和二十六年十一月）
［詩］　生殖圏の彼岸
・第八号（昭和二十七年八月）
［詩］　どんぐり
・第九号（昭和二十八年四月）
［詩］　卵のかげ

第四号（昭和二十五年十一月）と第五号（昭和二十六年二月）では「会員研究作品」の選を行い、第九号（昭和二十八年四月）には雑誌の題字を寄稿している。これらのことから蔵原が『雑草』に如何に力を入れていたかが察せられる。

『雑草』創刊号（昭和二十五年五月）の［巻頭言］「『雑草』発刊に寄す」で蔵原は次のように述べている。

私の敬愛する若人たちよ。諸君は諸君に与へられた諸要素を、より新しい価値の発見に向って十二分に鍛錬されんことを望んで止まない。その正しい行進について、もし私に出来ることがあれば、私はよろこんで諸君のために私の貧しい時間を割きたいと思ふ。

これは単なる社交辞令でなく、詩人蔵原の偽らざる強い本心であった。彼は文学という創造の道が如何に困難であることを承知していた。だが、困難であるが、文学という貴い「道」を歩もうとする若者たちに彼は親愛の情を抱いていたのである。

50

『雑草』に掲載された蔵原の詩はすべて、後の詩集『乾いた道』（薔薇科社　昭和二十九年五月）に所収される。そして、『乾いた道』を経て、さらに『定本　岩魚』（『陽炎』発行所　昭和四十年十二月）へという後期二冊の詩集に収録される作品もある。

ところで、わたくしがこの『雑草』時代の蔵原作品で注目する作品がある。それは『雑草』第三号（昭和二十五年九月）に掲載の「詩」「荒野抄（＊スケッチの詩五篇）」である（注5）。ここに載っている詩全五篇はスケッチと称されていて、一つ一つの詩に題名は付いていない。つまり、素描という意味で詩人は軽い気持で作った、しかも短い詩である。それなのに、これは一つ一つが佳品である。これらスケッチの詩五篇の中で最も注目したのは次の作品である。

四里四方
村のない
野道で　出会った
娘は
すてきな美人だった
きつねのやうに
ふりかへり
ふりかへり
ぼうぼうたる
草藪(くさやぶ)の道に
消へていった

この詩は表現主体である作者の内面の思いをペラペラと述べることをしない。外界の物象を正確にスケッチするのみである。外界の物象を正確にスケッチすることで作者の思いが制御される。外界の物象と作者の思い、この二つがバランスよく、均衡を保っている。万物照応（コレスポンダンス）の具現化である。

この詩でもう一つ注目すべきことがある。それは詩人が野道で出会った娘を「きつね」にたとえていることである。これは蔵原が後に連作して止まない〈狐〉（めぎつね）につながっていく。

具体的にその詩を示す。『定本　岩魚』所収の詩「めぎつね」である。

野狐の背中に
雪がふると
狐は青いかげになるのだ
吹雪の夜を
山から一直線に
走ってくる　その影
みかん色した人々の夢のまわりを廻(まわ)って
青いかげは　いつの間にか
鶏小屋の前に坐っている

二月の夜あけ前
とき色にひかる雪あかりの中を
山に帰ってゆく雌狐
狐は　みごもっている

雪が降ると青い影になるめぎつね、吹雪の夜を山から一直線に走ってくるめぎつね。みかん色した人々の夢のまわりを廻って、いつの間にか鶏小屋の前に坐っているめぎつね。そして、夜あけ前、とき色にひかる雪あかりの中を、山に帰ってゆくめぎつね。このようなめぎつねの初期の登場が、前掲のスケッチ詩にある。

スケッチ詩というものを蔵原は自分の創作に課したが、彼を慕う若い人たちにもその有意義なることを説いた。『雑草』同人の一人、土屋稔はこう述べている。

詩選評のあと、先生は特にスケッチをおすすめして居られます。詩でも短篇でもさうですが、スケッチの意味は、作品に新しい息吹をつくりだし、内側に心象や主題そのものを形成しているものです。

僕らは現在の社会的不合理や、矛盾の中に立たされると、或る風景や、人生の一断面を、純粋性をもって見抜かうとしても、その焦点を乱されがちです。人真似によって勝手に思想や構成を会得せず、先づ現実の一点を凝視したいと思ひます。そこのに新しい意味の方向を見い出します（注6）。

スケッチというと、『千曲川のスケッチ』で有名な島崎藤村を想起する。信州の物象・景物を言葉でスケッチした文学者の修練の一つである。

51

『雑草』に寄せた蔵原の作品の中でもう一つ、注目する作品がある。それは第九号（昭和二十八年四月）に載った詩「卵のかげ」である。これは後に『乾いた道』『定本　岩魚』の二冊の詩集に収録されている。蔵原にはよほど、こだわりがあり、自身が気に入った作品のようである。

わたしのこえが天にのぼるのだが
わたしの哀しみ(かな)が雲になるのだが
わたしの夢が風になるのだが――

天は光がまぶしくて
かんがえることもできはしない
どこまでふかれてゆけばよいのかしら
いつまで待っても
返事がこないのだよ　どこからも
　みしらぬ沙漠に小さな花が咲いていて
　みしらぬ海にくらげ達が遊んでいるばかり
時間の中で月が小さくなってゆくのだ
空間の底で太陽が小さくなってゆくのだ

卵のかげのように　うす青く
地球のかげが

虚無に映っているのは美しいな

この詩は後に雑誌『小説公園』昭和二十八年四月号、及び『詩学』昭和三十一年九月号に載り、最終は『定本　岩魚』（『陽炎』発行所　昭和四十年十二月）に所収される。いずれも少しずつ加除修正がなされているが、大きな変化は見られない。よって、ここでは初出の『雑草』掲載のものを示した。

この詩を読むと、大抵の読者は「天」とか「雲」とか「地球」とかの言葉に幻惑されて、巨大な銀河系宇宙の詩だとか、評する人がいる。しかし、それは大げさである。むしろ、「寂寥」の心境と評した方が的確である。この詩で詩人は対象とする世界を「寂寥」の境地において捉えようとしている。「寂寥」の世界では時間は無常となり、過去から未来に向かって永遠に流れ続けている。そして、空間はまさしく虚無となる。しかし、詩人が対象とする世界が無常であり虚無であるというのは、少しも悲劇的ではない。また、不安でもない。安らかで充足している。そのような不思議な時間と空間が、この詩で創造されているのだ。

蔵原のこのような詩を読む人が寂しさを感じようが、温もりを感じようが、そのような反応について詩人は一切お構いなしである。詩人は日常のある現実世界から一つの虚無的な空間を鋭く切り取り、そこに無常の時間を流してみた。そして、虚無的な空間を背景として、無常の時間と共に流れる「ある事物の象（かたち）」を詩人は「美しいなあ」と感嘆している。わたくしは詩人蔵原伸二郎の心象をこのように理解した。

注

（1）蔵原伸二郎「朔太郎と私（2）」（詩誌『花粉』昭和三十三年一月号）。

（2）蔵原伸二郎「HANNO」（飯能文化協会刊『武蔵文化』昭和二十三年四月）。

（3）蔵原伸二郎『詩人の歩いた道』（梧桐書院　昭和二十五年八月）所収「千家元麿——天真流露の詩人——」。

（4）蔵原の詩集『暦日の鬼』（麒麟閣　昭和二十一年七月）と同じ内容の『山上の舞踊』（彩光社　昭和二十二年三月）が存在することに関して重要な問題を提起する。それはわたくしがいろいろな詩集を調べたところ、同じ内容で再刊される例のあることが判明した。その一例は次のとおり。江間章子の詩集『春への招待』が昭和十一年（一九三六）、VOUクラブ（発行人、北園克衛）から刊行された。すると翌年の昭和十二年（一九三七）、装丁と本文すべて同じものが内海文宏堂から刊行された。再刊本の発行人は浦城光郷（元、白水社の編集者で後にさ・え・ら書房を創立する人。詩に詳しい人）である。同じ内容の本が別の出版社から早期に出る例は他にもある。しかし、この場合、著者の了解を得ているかどうかが大きな問題である。著作権の面で大きな問題である。『春への招待』がどのような事情で別の出版社から出たのか定かでない。『山上の舞踊』もどのような事情で別の出版社から出たのか定かでない。しかし、同じ内容の本が再版でなく、別の出版社から出ることについては著者の了解が必要なのは勿論である。

（5）蔵原の詩「荒野抄（スケッチ篇）」は後の詩集『乾いた道』（薔薇科社　昭和二十九年五月）に詩「荒野抄（ある夏の断章）」として収録される。

（6）土屋稔「編輯後記」『雑草』第三号（昭和二十五年九月）。旧仮名遣いは原文のまま。

第十章　詩業の到達点　――詩集『岩魚』――

52

前掲（＊第九章第51節）の詩「卵のかげ」（初出は『雑草』第九号＝昭和二十八年四月に載った詩）によく似た詩想の作品に詩「みんなが」がある。この詩「みんなが」は詩誌『花粉』昭和三十三年（一九六八）五月に発表されたものである。

その作品は次のとおり。

みんなが　やさしい気持をもっていたのに
たれ一人として　やさしくふるまえなかった
そのことの　さびしさ
さびしいから　あったため合うと集ってきたのに

あつまれば　みんな　自分だけの音を　たてて
群集の中から　消えていった
幾百世代の　闇と光の間に　ちらちら

ところで前掲の詩「卵のかげ」は初出では、冒頭部分が次のようになっている。

わたしのこえが天にのぼるのだが
わたしの哀しみが雲になるのだが
わたしの夢が風になるのだが——

それが後の詩「卵のかげ」（改訂版の作品。詩集『乾いた道』所収）は次のとおり。

みんなのこえが天にのぼるのだが
みんなの哀しみが雲になるのだが
みんなの夢が風になるのだが——

なぜ、「わたしの」が「みんなの」に変わったのだろうか。それは表現主体である詩人「わたし」が当初は「天」と対峙するものと自分の存在を捉えていたのだが、後には「大いなる個性」の「わたし」を強く押し出さず、「みんな」の中の一人として存在するのだと考え直したからである。そして、「みんな」と一緒に「天」に合一しようと考えたのである。

それでは詩「卵のかげ」の展開と結末はどうであったか。「みんなの」声に同化して「天」に昇ろうとした「わたしのこえ」は「天」に受けとめられず、宙ぶらりんのまま、空中に浮いたまま、あたりをさまよっている。個性を滅却して、この結末であるから、「わたし」にはいっそう、空しさ・淋しさがつのる。

ところで、前出の詩「みんなが」であるが、この詩もまた、詩「卵のかげ」と同様、集団と個人という関係の中での個人の「さびしさ」をモチーフとしている。そして、詩人はこの作品で人間誰でもが背負わねばならぬ「寂寥」を表現している。

人間を含む動物・植物など生きとし生けるものの姿はまさに、寂寥そのものであるという捉え方、それが蔵原の思想の反映であり、考え方である。

蔵原は第一詩集『東洋の満月』（生活社　昭和十四年三月）で生きとし生けるものの躍動感と生命感あふれる姿を描いた。例えば詩「満月」には次の詩句がある。

あらゆる生きものは、この荒寥たる東洋の海岸線に立ち上って、遠々しく、
満月をよびあげる。
新（あた）らしい原始の東洋の満月をよぶ。
あゝ、まっかな満月にふかれ
岸壁を、走る、走る、動物、動物、人人、人人、動物、動物。

ここには後の詩集『乾いた道』や『定本　岩魚』に見るような、しみじみとした寂寥の念はないが、はずみのある大きな動きの中に「あらゆる生きものの悲しみ」が表現されている。これもまた、寂寥である。

詩「満月」に見られる寂寥は言うなれば、豪放さの中の寂寥である。しかし、後に蔵原が説く寂寥はこれと異なる。蔵原の詩論集『東洋の詩魂』（東京ライフ社　昭和三十一年二月）で彼は次のように述べている。

私は寂寥性を追及して、あらためて地上における自分の周囲をながめるとき、日常的な石や花や、その他のものが、この普遍なる非情なる寂寥の中に浮ぶことによって、今まで見たこともなく輝き、今まで見たこともない確かさで、そこに在るのを知った。日常的な

ものすべての事物の意味が宇宙そのものの顕現であることを知り、どんな非合理な関係をも、つまらない一つの事物が可能にしているのを感じた。寂寥は時間の形をしたり無常の形をしたりしてあらわれる。それ故に寂寥の海にひたっているすべての事物は変化としてあらわれるのだ(注1)。

蔵原の考えはここに示されたとおりであるが、今少し補足すると、次のようになる。自分は寂寥性を追究して、あらためて地上における自分の周囲をながめた。すると、まず、立体とは究極において「空(くう)」にほかならない。そして、その「空(くう)」とは「耐えがたい寂寥」そのものの世界であることが理解できた。さらに自分は寂寥性を追究して、あらためて地上における自分の周囲を眺めた。すると、寂寥は時間の形をしたり、無常の形をしたりしてあらわれる。その本質を追究すると、文明がどんなに進歩しようとも、われわれを永久的にとりまいている寂寥は不変である。寂寥は確かに、「無」の感性的なあらわれである。

私は詩人として、この寂寥に対する抵抗の「生命の力学」を生みだしたい。

蔵原の考えは以上のようになる。

53

雑誌『陽炎（かげろう）』は昭和二十九年（一九五四）一月、創刊した。発行者は飯能市本町の長谷部高治。発行所は『陽炎』発行所であり、印刷は飯能市の宏文社印刷。ガリ版印刷で、表紙と裏を含めて全四ページの小冊子である。中身は長谷部と町田多加次の作品である。

創刊号の後記には次のように記されている。

この雑誌を出すことは、ばかげた事かもしれない。そうかといって、大げさな事でもないと思う。せかせかといつもつきとめる事もできない忙しさに追い回される生活の中で、私達少数の人々が思うアメーバへの長い、郷愁に他ならない。（＊竹長補記、若干、表記を修正した。）

この後記にはこの雑誌を出さずにはいられなかった二人の気持ちが率直に出ている。彼らは確かに文学に憑かれた人であった。その文学の楽しさを彼らに啓蒙したのが蔵原伸二郎である。その後、『陽炎』は土屋稔、発智弘雄、森和夫、田中愛祐、佐藤卓樹らを同人に加え、ページ数が増えていく。そして雑誌の中身は詩だけでなく、小説、評論、エッセイなども載せるようになる。

しかし、第三十七号（昭和三十二年四月）で一時休刊となる。だが、五年後に復刊し、以後、第六十五号（昭和四十六年十月）を数えるに至る。蔵原は昭和四十年（一九六五）に亡くなるが、蔵原の追悼号も出して『陽炎』は以後続いて行く。

ところで、蔵原がこの『陽炎』とかかわりを持つのは詩論集『東洋の詩魂』（東京ライフ社昭和三十一年二月）の刊行以後である。『陽炎』第二十七号（昭和三十一年四月）は『東洋の詩魂』に寄せられた諸家の書簡を抄出して掲載した。田辺元（はじめ）（哲学者）、能村潔（のむら）（詩人）、安藤一郎（詩人、英文学者）、木下常太郎（詩の批評家）らの書簡である。

『陽炎』第三十号（昭和三十一年八月）に蔵原のエッセイ「李太白とボードレール」が載っている。この中で彼は二人の詩人の共通点を指摘している。それは自分を取り巻いている宇宙の存在を自覚し、宇宙と合一することによって永劫を幻像することである。例えば、二人の詩人の、雲に対するイメージを比較すると、それが明らかになると蔵原は述べているが、それは『東洋の詩魂』で示した「寂寥の境地」と同一である。

また、『陽炎』第三十六号（昭和三十二年三月）に蔵原は《狐の形而上学》という総題のもとに三篇の詩を寄せている。その三篇とは「雄狐の孤独」「雪と雌狐」「狐と枯野」である。これら三篇の詩は全て詩集『岩魚』『定本　岩魚』に収録されている。そして、二冊の詩集とも題名を変えている。「雄狐の孤独」は「おぎつね」に、「雪と雌狐」は「めぎつね」に、「狐と枯野」は「きつね」にそれぞれ変えている。そして、これらの詩篇には若干の異同がある。

さらに、これら三者（『陽炎』『岩魚』『定本　岩魚』）を比較してみると、『陽炎』稿から『岩魚』稿への変更が著しく、『岩魚』稿から『定本　岩魚』稿への変更は殆ど無い。

具体例を一つ示す。それは前掲の詩「めぎつね」（『定本　岩魚』所収　本書一九六〜一九七ページ参照）である。この詩は『定本　岩魚』に収録されているが、その前の『陽炎』稿と『岩魚』稿はどうなっているのかを検討する。

『陽炎』稿（『陽炎』第三十六号に載った「雪と雌狐」）は上段である。

野孤の背中に
雪がふると
狐は青いかげになるのだ
吹雪の夜を
山から一直線に
走ってくるうす青いかげ
氷る村々の垣根をめぐり

野孤の背中に
雪がふると
狐は青いかげになるのだ
吹雪の夜を
山から一直線に
走ってくる　その影
凍る村々の垣根をめぐり

みかん色した人間の夢のまわりを廻って　みかん色した人々の夢のまわりを廻って
狐は　いつの間にか　青いかげは　いつの間にか
鶏小屋の前に坐っている　鶏小屋の前に坐っている

二月のよあけちかく　二月のよあけ　前
とき色に光る雪あかりの中を　とき色にひかる雪あかりの中を
山に帰ってゆく雌狐　山に帰ってゆく雌狐
狐は　みごもっている　狐は　みごもっている

下段に示したのは『岩魚』稿の詩「めぎつね」である。この両者には大きな異同は見られない。また、『定本　岩魚』稿は『岩魚』稿と九十九パーセント同じである。但し、この詩「めぎつね」の末尾「二月のよあけ　前」は『定本　岩魚』稿では「二月の夜あけ　前」と漢字の「夜」に変えている。この程度の差異である。

54

蔵原伸二郎に接した多くの人がいる。それは既に言及した雑誌『飯能文化』『武蔵文化』『雑草』『陽炎』等にかかわった人たちである。しかし、わたくしが注目するのはそのような人たちだけではない。彼らは文化、特に文学というものに関心のある人たちである。蔵原は一般の人たちからどう見られていたのだろうか。わたくしはそれが気になる。雑誌『雑草』の第九号（昭和二十八年四月）に小谷野渙は「飯能の文化活動」という題で次の文章を書いている。

この町（＊飯能）にうつり住んでいる文化人を厚くもてなす――封建的といわれる町民は、この点いささか欠けていないだろうか、蔵原先生が豊岡に去られた事は、町にとって大きな損失だということを要路の人は知るや知らずや。

このような心配を払拭するかのように蔵原は昭和二十八年（一九五三）八月、飯能に戻って来た。入間郡豊岡町には二年八ヶ月住んだことになる。この間に蔵原は後に刊行する詩集『乾いた道』（薔薇科社　昭和二十九年五月）の作品を多く書いた。「認識の秋」「雑木林」「時間は消える」等の作品をつくり、また、「詩人の見た現代短歌」「象徴詩派」「土井晩翠」「田中冬二」「中原中也」等の評論・詩人論（注2）を執筆した。蔵原の豊岡町時代はそれなりに充実したものであった。

飯能に戻った蔵原は夫人の康子と共に市内の河原町に住んだ。正確には河原町二八一番地。米穀商戸田孝次所有の借家である。当時の家賃は一ヶ月一〇〇〇円で、その後、一三〇〇円、一五〇〇円と上昇した。この借家を紹介してくれたのは新井清寿であり、新井は飯能第一小学校の校長をつとめた教育者である。蔵原の借家の近くに加藤武次（たけつぐ）、まさの夫婦が住んでいた。加藤は建具師であった。蔵原とその妻康子は加藤夫妻と親しく付き合った。

わたくしは加藤夫妻から蔵原らのことを聞き取ったことがある。テープレコーダーを持参し、いろんな話をしてもらった。その一部を幾つか紹介する。

［その一］（加藤まささんの談話）昭和三十四年（一九五九）、伸二郎先生は豊岡高校で講演をなさいました。私は電車の中で女子学生がその感動を興奮して話しているのを聞きました。そして、そのことを帰ってから先生に話しました。すると、先生は「いや、どうも」と頭に手をやって、笑われました。照れて頭に手をやるのが先生の癖でした。

［その二］（加藤まささんの談話）先生の奥さんは福島県の好い家の生まれで、お嬢さん育ちでした。布団は敷きっぱなし、掃除はあまりやりません。箸より重いものを持ったことがないというお方でした。夜が更けてから、先生がよくお掃除をしていました。奥様は和服を着て、いつもお化粧をしていました。奥さまは丸顔で、恰幅の好いお方です。先生はお写真で見るとおり、ほっそりとしたお方です。

先生は「俺は字が下手だから」とおっしゃって、奥様によく清書してもらっているようでした。奥さまから「宅のはいつも私に清書させるんですよ」とおっしゃいます。奥さまは本当に字の御上手なお方でした。

また、奥様からこんなお話を伺ったことがあります。「詩人の妻なんかになるんじゃなかったわ。私は東京の音楽学校に入って、やりたいことをやればよかった。」

奥様は本当に鈴を転がすようないい声の持ち主でした。

［その三］（加藤まささんの談話）先生のお宅には若い方がよくいらっしゃいましたね。特に町田さんや長谷部さん、砂長さんなど。夜の更ける迄笑いながらお話をしているようでした。

［その四］（加藤武次さんの談話）先生はパン食が主だったようです。先生は良いお医者さんをご親戚にお持ちだったようですが、「俺は絶対に医者にかからないぞ」とおっ

しゃって、たいてい、売薬で済ませていました。

［その五］（加藤武次さんの談話）夫婦喧嘩は殆どありませんでした。夫婦仲は良かったですね。先生の本名は惟賢（これかた）というんですが、先生はそれがどうも神主くさくっていやだとおっしゃっていました。伸二郎というありふれた名前の方が好きだったようです。あっしは先生が偉い方だと思っておりましたが、他の人たちはそんな目で見てなかったようです。あっしは先生が威張らないから、好きでした。ご立派な人なのに威張らない人ってのは本当にいいですね（注3）。

これらの談話はいずれも、蔵原伸二郎の人となりを彷彿とさせる。特に談話の［その五］に見られる「威張らない人」という印象は、蔵原に接した多くの人が証言する。蔵原は若い町田らに「詩を深くするのは、結局、人間の深さである」とよく語っていたそうであるが、蔵原は詩を読んだり詩を作ったりすることを通して「人となり」を磨き上げていったのである。

蔵原夫妻の住んでいた家を見せてもらった。家の中はさっぱりとしてきれいである。廊下に立つと、名栗（なぐり）川が一望できる。実に見晴らしがいい。加藤まささんの話によると、床の間には雑誌がいっぱい積み上げてあり、書斎の片隅にはいろんな石がごろごろ転がっていたとのこと。「先生、この石はどこから？」と聞くと、「ああ、それはこの下の河原で拾ってきたんです。高価なものではありません」との答えが返って来たとのこと。

伸二郎はこの家では、好きだった小動物や小鳥たちをいっさい飼わなかった。また、植木や盆栽もやらなかった。ひたすら川原と丘を歩き、珍しい石を拾ったという。

町の人たちは、川原の向こうまで行き丘に上って天空を見上げているこの風変りな詩人の姿をよく見かけた。散歩しながら何かを考えている、そして、時々何事かを紙切れに書きつけている。そのような蔵原の姿を町の人はよく見かけた。

飯能の河原町に引っ越してきた当初、蔵原夫妻は見も知らない人からよく家の中を覗かれた。詩人ってのはどんな生活をしているのかという好奇心からである。伸二郎はそれが嫌であった。そのことを彼は上京したある日、友人の青柳瑞穂に語った。しかし、そのうち町の人も「この不思議な人」に慣れてきた。また、伸二郎も彼らを嫌な人と思わなくなった。

河原町に住むようになってからの蔵原は、豊岡で開眼した「寂寥の境地」を一層深め、その形象化に粉骨砕身した。そして、地元の『陽炎』とかかわりつつ、中央の雑誌『文芸日本』『三田文学』『詩学』『無限』等にも作品を発表した。

55

『薔薇科』という雑誌がある。詩を中心とした雑誌である。その昭和二十九年（一九五四）九月号に蔵原は詩「風の中で唄う空っぽの子守歌」を発表している。それは次のとおり。

今日は日曜日
田舎の小学校の庭は
ひっそりしている
窓々に子供たちの
明るい顔も見えない

ふく風の中で
お前はおじいちゃんの腕に抱かれている
お前の祖父は干乾(ひから)びた山椒魚のようだ
二つの腕の間を風ばかりが吹き過ぎてゆく

万里子よ

お前は風の中ですやすやと眠っている
お前の顔には
樹陰のみどりと薔薇色がゆれている
千の光がお前のあどけない唇で唄っている
乳の匂いのするお前のやわらかい肢体は
虚無に浮いている地球と同じ重さだ

かずかぎりもないおじいさんたちが
しわがれ声で唄って消え去ったように
このあやめの花咲くしずかな校庭で
おれもしわがれ声で唄うよ　万里子
ねんねんよ
ねんねんよ

お前のおじいちゃんには
もう何の夢もない

もう何の願いもない
すべてが失敗と悔恨の歴史だ

かわいい　万里子ちゃんよ
ほらね　いま永遠がとおりすぎるよ
どこかで　かすかな水の音がきこえる
どこか遠いところで牛が鳴いている

ここに引用したのは初出ではない。後に収めた詩集『定本　岩魚』（『陽炎』発行所　昭和四十年十二月）からの引用である。

万里子ちゃんは伸二郎の息子惟光（これみつ）（大正十四年十一月生まれ。栃木県足利市で病院を開業し医師をつとめる）の子どもである。万里子ちゃんを抱いている伸二郎の写真がある。それを見ると家の外で帽子をかぶった彼が穏やかな顔で孫を抱いている。微笑ましい写真である。

この写真は、この詩が最初に載った『陽炎』昭和三十九年（一九六四）三月号に載っている。その説明によると、この写真は昭和三十年（一九五五）元旦のものだという。ずいぶん、前のものである。たぶん、蔵原伸二郎夫妻が足利の息子の家に行った時のものであり、写したのは息子惟光であろう。写真は、この詩の背景を如実に物語っている。

56

ところで、蔵原の関係資料をいろいろ探していると意外なものが見つかった。それを二つ、紹介する。

一つは大変珍しい詩誌『詩人』である。『詩人』と名の付く雑誌は明治にも大正にもあり、昭和にもある。しかし、わたくしが見たのは昭和戦後の雑誌である。その詩誌『詩人』は昭和二十二年（一九四七）一月、京都の矢代書店から発行された。そして終刊は同年十一月であり、全六冊である。第一号は昭和二十二年一月、第二号は昭和二十二年二月、第三号は昭和二十二年四月、第四号は昭和二十二年六月、第五号は昭和二十二年八月、第六号は昭和二十二年十一月である。月刊で毎月一回の発行とうたっていたが、第三号から隔月の刊行となり、第六号は十月の発行であったが一ヶ月遅れて十一月発行で廃刊となる。短歌や俳句の雑誌と比べて詩の雑誌の継続が如何に難しいかが理解できる。

この全六冊を丹念に見ていたら蔵原の名前を見つけた。それは第二号である。福永武彦「晩(おそ)

い湖」、山本沖子「破れた絵本」、内山義郎「距離」、長江道太郎「雪」、岡崎清一郎「館」、竹中郁「家の肖像」と並んで藏原伸二郎の詩「ほてい」があった。それは以下のとおり。

村落の見ゆる町外れで
晩秋の落日を背に
一竿の竹を肩に笑っている
破れ衣を着た大漢に出会って
どうも見たことのある人だと思っていたら
布袋（ほてい）さんだった
背中に背負っている
大きな袋は
てっきり闇のさつま芋と睨（にら）んだ
布袋さんも闇師の仲間入りかと
こっちも黙って笑っていると
奴（やっこ）さん、知らん顔して通りを過ぎて行った
僕はあの男、まだ生きていたのかと

急に不思議になってきたが
よく考えてみると
自分の生きている間中（あいだじゅう）
あの男も生きているということが
やっとわかった
背負っているのは軽そうな重そうな
虚無だか人間苦だかさっぱり解（わか）らんが
途方もない虚空（こくう）にちがいないのだ
阿呆鶏（あほうどり）みたいに　かっ、かっ、と
いつ会っても奴（やっこ）さんは笑っているが
僕には　この野良と破れ街（まち）を吹きまくっている
晩秋の風が　ひゅうひゅうと
身に沁みて　かなわんのだ

（＊表記は現代表記に改めた。）

「大漢」とは見慣れない言葉であるが、作者蔵原はたぶん、中国風の恰幅の好い僧侶のこと

をこう呼称したのであろう。布袋は中国古代の禅僧であり、太ったおなかを露出し、生活用具を入れた大きな袋を背負って市中を歩き、人の運命や天候を予知したという、そのような人物である。日本では円満の相が尊重され七福神の一人として崇められている。

詩人は街中で布袋さんに似た人を見たのだ。それから、この詩が作られた。布袋さんに似た人に出会ったことで詩人は何か良いこと、幸せが来るのではないかと思ったりする。しかし、晩秋の寒い風がひゅうひゅうと吹きまくる中、布袋さんが現れたというのは幻だったと思う。

これは太平洋戦争後の荒涼とした街を歩いた詩人のある日の日録である。

もう一つ紹介するのは日本の広島と長崎に投下された原子爆弾のことである。この惨事に関して現代詩人会は『死の灰詩集』を編んだ。この詩集を編むために現代詩人会は編集委員を選んだ。そのメンバーは次のとおりである。

安藤一郎、伊藤信吉、植村諦(たい)、大江満雄(みつお)、岡本潤、上林猷夫(みちお)、北川冬彦、木下常太郎、草野心平、蔵原伸二郎、壺井繁治、深尾須磨子、藤原定、村野四郎。

以上十四名である。この顔ぶれを見ると社会派というか、社会的関心の強い詩人が多い。その中に蔵原がどうして入ったのか詳細は定かでない。この当時の蔵原は社会的関心が強かったのであろうか。

そして、この『死の灰詩集』に蔵原は作品を寄せている。なお、この『死の灰詩集』は昭和二十九年（一九五四）十月、宝文館から出版された。蔵原の作品「よっぱらいの歌」は次のとおり。

ねえ　兄弟
どんなに　どんなに　おれたちが呼んでみても
みんな風の中に消えてしまうよ
やっとこ　やっとこ　返事が来たとおもったら
ねえ　兄弟
「今迄通り実験する」と　おっしゃるよ
さてさて　とっつくしまもないが　もう一方のおじさんときたら、しょっぱなから　うんともすんとも　おっしゃらん

それでもね　兄弟
おれも、おまえもよ、何とかかんとか生きなくっちゃならんのだよ

そのうちに、別な地球があらわれるかもしれないのだ　ねえ　兄弟
何とか生きながらえているうちに、見たこともない世界が、突然やってくるかもしれねえよ
そんな奇蹟みたいな……うーい、兄弟
もう一杯ついでくれ
だからさ　兄弟、お互いに理性って奴がどうもいけねえ
こいつがありもしない平和なんぞ夢みるんだ
ねえ　兄弟、もう一杯
お前も　酔えよ
一杯
一杯
ああ　いいきもちだよ
兄弟　この間、長崎と広島にへんなものがおっこったっていうじゃねえかよ
おれたちは　偶然たすかったがね
そいつがまた　近いうち　おっこちるという話だよ
兄弟　いやじゃねえか

おい　それまででも　ずっと酔っぱらっていたいよ
一杯
一杯　もう一杯
おお、平和の野郎が、呼びもしないのに、ビールびんの口から
どくん　どくん
ながれこんで来るよ、うーい
あ、なんとにがい平和だ
「小屋に寝ている
シナの灰色の牛が
背骨をのばすと
同じときに
ウルグアイの牛が
誰か動いたなと思って
ふりかえる」
これはシュペルヴィエールおじさんの寝言だ
ねえ　兄弟　いや　世界中の人間、いやさ　世界中の酔っぱらい

にがくても　にがくても
おいらは　平和が呑みてえ。

たいへん長い、饒舌調の詩である。酒場で酔っ払っている人の話をそのまま書き写した詩のように思えるが、実はこれは町の酒場の一風景を写した「町中の風景詩」である。このような詩は蔵原には珍しい作品である。ただ、詩の末尾になると、彼の好きな詩人シュペルヴィエールとその作品の一部が引用されている。ここに至って初めて蔵原らしい詩だという気になる。

作中に長崎、広島という名が出て来て、原子爆弾の惨状を想起させる。だが、蔵原はこのような書き方でしか、『死の灰詩集』の作品を書けなかったのである。正面からこの惨状を描くことや原爆反対を叫ぶことはできなかった。それ故、彼はこのような形でしか、『死の灰詩集』の作品を書けなかったのである。それは仕方のないことである。だが、彼は『死の灰詩集』編集委員としての任務をこうして果たすことができた。それは称賛できる仕事である。

57

蔵原伸二郎の陶器好きは有名である。ところで、伸二郎の最後の詩集が『岩魚』となっているのは、どういうわけなのだろう。

それを探究していくと、詩集『岩魚』（昭和三十九年）『定本　岩魚』（昭和四十年）の中に詩「岩魚」が存在する。題名だけを見ていると、実際の魚のことに思えるが、実はそうではない。『定本　岩魚』所収の詩「岩魚」は次のとおりである。

五月のあかるい昼さがり
あまりに生の時間が重いので
私はひとり青磁の鉢を見ている
空いろの底に
二匹の岩魚が見えたりかくれたり

すぎる風に水がゆれると

岩魚の背もかすかに紅(べに)いろに光る
また　水底をよぎる遠い宋(そう)時代の雲
ながい時間のかげりをひいて
愁いの淵(ふち)に岩魚は　ねむり
時に目を醒(さ)まして　はねると
いつのまにか蒼天(そうてん)をおよいでいる

この詩「岩魚」には「――宋青磁浮紋双魚鉢――」という副題がついている。副題の意味は、中国の宋時代に出来た青磁の焼物（陶磁器）で、二匹の魚が泳いでいる図柄の鉢というものである。陶磁器好きの蔵原らしい独特の詩である。また、岩魚という魚は淡水魚であり、中国はもちろん、埼玉県の飯能やその近辺でも見ることができる。渓流で釣ることができる。

この詩は詩人が青磁の鉢を見ていたら中国の宋時代の雲を連想し、さらに、鉢の中の岩魚が飛び出して蒼い空を泳いでいるように想像したというものである。イマジネーションがこのように広がっていく面白さがある。

この詩「岩魚」が蔵原の代表作というわけではない。むしろ、狐を主題とした詩の方が蔵原の代表作だと評する人が大半である。しかし、蔵原はなぜ自分の最後の詩集の題名を『岩魚』

としたのだろうか。

それはやはり、自分が晩年住んだ武蔵野、飯能の地に愛着があったからである。川の水がきれいに流れているこの土地に強い愛着があった。

そして、山があり、丘がある。この素晴らしい土地に長年住んだ蔵原はこの地で生涯を終えることになる。

58

詩集『岩魚』（『陽炎』発行所　昭和三十九年六月）の評価が中央文壇で高まりつつあった時、蔵原は病の床に臥すようになった。初めは大したことはあるまいと自身思っていたが、何としても良くならないので大きな病院で診てもらうことになった。昭和四十年一月十二日、年明け早々に北里研究所附属病院を訪ねた。その日の朝、蔵原は向かいの加藤家にあいさつに行った。「ちょっと病院に行って、診てもらってくるから。」その一言を残して彼は出発した。そして、それっきり彼は不帰の人となる。

一月二十七日、第十六回読売文学賞詩部門での受賞の知らせが入る。彼はそれを病院のベッドで聞いた。二月一日、「受賞の言葉」を長谷部高治と町田多加次が口述筆記する。それが『読売新聞　夕刊』二月五日に掲載。二月六日、授賞式が行われたが出席できなかった。

二月二十二日、病床を見舞った町田に蔵原が突然、筆記を頼むと言った。それが後日、『陽炎』第五十一号（昭和四十年四月）に載った詩「足跡」である。

ずっと昔のこと
一匹の狐が河岸の粘土層を走っていった
それから
何万年かたった後に
その粘土層が化石になって足跡が残った
その足跡をみると
むかし　狐が何を考えて走っていったのかがわかる

この詩からは、蔵原が自分の歩んだ道を後の人に知ってもらいたいという願いを知ることができる。彼の著作は私たちの目の前に残されている。私たちは努力すれば、蔵原が何を考えて町の中を歩いたり、何を考えて山や丘を歩いていたのかがある程度理解できるだろう。

蔵原伸二郎は昭和四十年（一九六五）三月十六日、午前二時三十四分、永眠。病名は白血病。享年六十五歳と六ヶ月。

三月二十三日、東京の青山葬儀所で神式の葬儀が行われた。そして、遺体は多摩墓地に埋葬された。

青山葬儀所での葬儀に参列した山室静は随筆「浅春日録抄」（南北社『批評』復刊第二号　昭和四十年七月）で次のように記している。

　女子大学大学院で児童文学を専攻しているY嬢の結婚式に行き、それから青山斎場の蔵原伸二郎氏の告別式に廻る。作家の告別式には殆ど出たことがないが、蔵原氏はかねて敬愛している人だし、古い知り合いでもあるため。小山清氏と、二人の愛読作家を続けざまに失って、少し感傷的になった。式後、ふだんはおつきあいもないのに、木山捷平、青柳瑞穂両氏さそって新宿で飲む。

山室静の蔵原に対する思いが如実に出ている。蔵原と山室静にいったい、どのような関係があったのだろうか。

蔵原といえば、『日本浪曼派』『コギト』、それに『三田文学』など慶応義塾関係の文人たちという線で考えるのが普通である。しかし、蔵原の交際範囲は意外に広い。

ここであげた山室静には山室が中心になって刊行した雑誌『高原』（昭和二十一年八月創刊～二十四年五月終刊。全十冊）がある。それに蔵原が詩を寄せたことで関わりがあった。

蔵原は『高原』創刊号（昭和二十一年八月）に詩「山鳥」を寄せた。そして、その後、『高原』で活躍した藤原定の関係する詩誌『花粉』にも作品を寄せた。

それは以下のとおり。『花粉』昭和三十二年十一月にエッセイ「朔太郎と私（1）」、同誌昭和三十三年一月に「朔太郎と私（2）」、同誌昭和三十三年三月に「朔太郎と私（3）」、同誌昭和三十三年五月に詩「老狐」「山かがし」「みんなが」、同誌昭和三十三年十二月に詩「二郎と花子――文化の日に」「孫娘と二人で」。ずいぶん多い。

山室静と藤原定は西欧文学に詳しい片山敏彦と関わりがあった。このように日本浪曼派や慶応義塾関係だけでなく、蔵原は多くの文学者（詩人、作家、評論家、翻訳家）と関わりを持った。

59

蔵原の詩集『岩魚』と『定本　岩魚』との中身の違いについては、町田多加次の「詩集『定

本　岩魚』覚え書き」（『定本　岩魚』の末尾に所収）が詳しい。これを読むと蔵原が如何に詩集『岩魚』の定本を出したかったのかが理解できる。

わたくしが注目したのは、詩集という本の中に別冊として挿入する付録である。詩集『岩魚』には井上知真による二枚の色紙の他、田中順三など近親者の文章が寄せられている。『定本　岩魚』にも「しおり」と題する付録が付いている。これには神保光太郎の「あの頃のことなど」、青柳瑞穂「蔵原伸二郎との交遊」、北川冬彦「東洋のシュペルヴィエール」等が載っている。これらの文章を読むと、蔵原の詩業の素晴らしさがよく理解できる。しかし、わたくしが思うのはこのように蔵原の詩業を後押しした『陽炎』『雑草』『武蔵文化』『飯能文化』の人たちである。死者となった蔵原は墓の中で手を合わせて彼らに感謝したであろう。

飯能に天覧山という山がある。この山のふもとに昭和四十一年（一九六六）九月、蔵原伸二郎の詩碑が建立された。飯能市の観光協会が尽力したものである。高さは三メートル、横幅は一メートルほどである。仙台石に次の詩句が刻まれている。

野孤の背中に　雪がふると
狐は青い影になる
山から一直線に走って來る　その影

どこかで聞いたことがある詩句だ。そう思って詩集を開くと、パッと狐が飛び出した。それは幻覚である。『定本　岩魚』にある詩「めぎつね」の冒頭である。表記や細部に原文と些か違いがある。しかし、それはもうどうでもよい。蔵原と狐という関係、そして飯能という土地の雰囲気が伝わってくる詩句だ。

ところで、蔵原伸二郎と同時代の人の消息を略記しておく。久保田万太郎は昭和三十八年（一九六三）五月、七十四歳で亡くなった。昭和三十九年（一九六四）五月に佐藤春夫が七十二歳で亡くなった。昭和四十年（一九六五）五月、中勘助が八十歳で亡くなった。昭和四十年（一九六五）七月、谷崎潤一郎が七十九歳で亡くなった。

文学者の寿命は様々だが、蔵原の六十五歳と六ヶ月は少し早すぎたという気がする。

（了）

注

（1）蔵原伸二郎『東洋の詩魂——近代日本の詩人たち——』（東京ライフ社　昭和三十一年二月）所収「明

らかに二十世紀的なるものへ」。

（2）蔵原の評論「詩人の見た現代短歌」は現代詩人会編『現代詩新講』（宝文館　昭和二十六年九月）に所収。評論「〈Ⅱ　流派と運動〉象徴詩派」は村野四郎ほか編『近代詩入門講座　1』（新興出版社　昭和二十六年十月）に所収。詩人論「土井晩翠」は北川冬彦・村野四郎ほか編『現代詩鑑賞　上巻＝明治期・大正期』（第二書房　昭和二十七年五月）に所収。「田中冬二篇」「中原中也篇」の詩人・作品論は北川冬彦・村野四郎ほか編『現代詩鑑賞　下巻＝昭和期』（第二書房　昭和二十七年六月）に所収。蔵原の詩論・詩人論は他にもある。わたくしが注目したのは次の二篇である。第一は「中原中也の詩と生活について」（至文堂刊『国文学　解釈と鑑賞』昭和二十七年九月）、第二は「寂寥について――西脇順三郎論序説――」（『三田詩人』昭和二十八年二月）である。なお、「寂寥について――西脇順三郎論序説――」は後に現代詩人会編『年刊現代詩集第一集　一九五四年版』（宝文館　昭和二十九年三月）「評論」の部に収録される。

（3）この聞き書きは昭和五十二年（一九七七）七月二十一日（木曜日）、飯能で行ったものである。前日の二十日で一学期が終了した。当時、わたくしは東京学芸大学附属高校大泉校舎に勤めていた。わたくしは朝早くから飯能に向かった。以前、飯能に行くことを町田多加次さんらと約束していた。埼玉県の久喜から電車に乗り池袋に行き、池袋から西武池袋線の電車に乗り大泉学園を通過して飯能に向かった。飯能でまず向かったのは飯能市立図書館である。そこで館員の赤田健一さんと会った。赤田さんから蔵原伸二郎関係の資料をたくさん見せてもらい、必要なものはコピーしてもらった。その後、田中順三さん（筆名、田中愛祐）、町田多加次さんと会い話を聞いた。それから、町田さんの案内で加藤夫妻の家を訪ねた。そして、加藤夫妻の話を聞いた後、蔵原の住んでいた借家を見せてもらい、その周辺を散歩した。当日、我が家に帰宅したのは夜九時頃である。

あとがき　『蔵原伸二郎評伝——新興芸術派から詩人への道』

今の人は今の人にしか興味関心を持てない、果たしてそうだろうか。

ある作家の本を読んだら次のことが書いてあった。「私は古代という時代の出来事を楽しく味わう。そんな思いからこの作品を書き始めました。」この作家には今の時代（現代）のことを書いた作品がたくさんあるが、それとは別の異なる作品を書き、読者の方々に別の楽しみを味わってもらいたかったそうである。

わたくしもこの作家と同じ心境である。

この本は詩人にして小説家であった蔵原伸二郎（一八九九〜一九六五）の評伝である。彼は昭和期の初頭から昭和四十年（一九六五）にかけて活躍した文学者である。この本の副題はもしかしたら、「熊本・東京・埼玉そして中国」である。彼は熊本で生まれ、東京に出てきた、そして戦後は埼玉で暮らした。兄が上海にいたこともあり、中国にたびたび出かけた。また、戦時中、大東亜派遣視察団の一員として昭和十七年（一九四二）、満州に行ったことがある。そのような彼の生きた道程からこの本の副題を「熊本・東京・埼玉そして中国」とするつもりだった。

文学者の伝記は様々であるが、この本でわたくしの感想・批評を若干、付加した。それが読者の皆さんに楽しみをもたらすかどうか不安である。

わたくしはずいぶん昔、蔵原の評伝を二年半かけて書き終えた。しかし、その時、本にして刊行する気持ちはなかった。しばらく寝かせておこう、そう思ったのである。

なぜ蔵原の評伝を書いたのかというと、その時、自分はいろんな雑誌・新聞に蔵原に関する文章を書いており、また、様々な人々から蔵原に関する本や資料が送られてきたからである。

蔵原の評伝を二年半かけて書き終えたのは東京学芸大学附属高校大泉校舎に勤めていた時である。その後、埼玉大学に勤めるようになってから国語科教育や教員養成の仕事が大半で、文学研究や評論の仕事が殆ど出来なくなった。

そして、時はどんどん流れ、わたくしは勤めを辞め、やっと悠々自適の生活が出来るようになった。ある時、自宅の書棚やロッカーを片付け、掃除をしていたら、ふと古い蜜柑箱が目に付いた。中を開けると、たくさんの古びた原稿用紙が並んであった。夢中になって読み始めた。それが「蔵原伸二郎評伝」五百八十三枚だった。

よし、これをパソコンに入力しよう！　そう決意して作業を始めた。原稿をそのまま入力したわけではない。今から読み返すと、足りない部分や削る部分があった。しかし、基本は昔の原稿のままである。

ところで、なぜ自分は蔵原の評伝を書いたのだろうか。そう自問して、しばらく瞑想した。すると、答えが出た。

第一に詩人の生涯に強い関心を持っていたこと。第二に蔵原を基軸としつつあの時代（昭和初期から太平洋戦争中、戦後期）の文学状況を探究したかったこと、第三に飯能の文芸文化誌『飯能文化』『武蔵文化』『雑草』『陽炎』等の関係者に感謝したかったこと。以上三点である。

そのような次第で、ここにやっと蔵原伸二郎の評伝を出すことになった。関係した多くの各位に厚く御礼申上げる。

二〇二一年四月二十日

【附記】　本書の執筆に関して資料及び情報を提供してくださったのは次の方々（敬称略）です。

井伏鱒二、中谷孝雄、小田嶽夫、北川太一、稲垣達郎、紅野敏郎、宮澤章二、槇晧志、田中順三、土屋稔、町田多加次、赤田健一、加藤武次、加藤まさ、遠藤誠治、前田進、槍田志げ子、蔵原惟光厚く御礼申し上げます。

竹長　吉正

【資料篇】

・蔵原伸二郎年譜　243
・雑誌『葡萄園』初期細目と解説　252
・主要参考文献　267
・写真解説　271
・著者の論考初出一覧　274

蔵原伸二郎年譜（著作目録付き）

明治三十二年（一八九九）

九月四日、熊本県阿蘇郡黒川村七九五（現、阿蘇町）に生まれる。本名は惟賢（これかた）。父は惟暁、母はいく、その三男。蔵原の家は阿蘇神社の直系である。

明治三十九年（一九〇六）七歳

三月、一家は熊本市寺原町に移る。四月、熊本師範学校附属小学校尋常科に入学。惟賢が四年生になるころ、一家は熊本の出京町に移る。

明治四十五年・大正元年（一九一二）十三歳

三月、附属小学校尋常科を卒業。四月、私立の九州学院中学校に入学。第四学年の時、病気で一年休学する。

大正七年（一九一八）十九歳

三月、九州学院中学校を卒業。その後、兄惟邦のいる東京に行く。美術学校の受験勉強をする。

大正八年（一九一九）二十歳

美術学校の入学をあきらめ四月、慶応義塾大学文学部予科に入学。同級生に青柳瑞穂、石坂洋次郎、奥野信太郎がいた。第二外国語はフランス語を選んだ。だが、ロシア文学が好きで夜学に通いロシア語を学んだ。また、萩原朔太郎の詩を愛読し、雑誌『文章世界』に詩を盛んに投稿した。

大正九年（一九二〇）二十一歳

六月、雑誌『窓』（発行、慶応劇研究会）第一号に詩「月かげを追ふ男」を発表。

大正十年（一九二一）二十二歳

大学の先輩小島政二郎に案内されて芥川龍之介の家を訪問する。また、この頃から慶応の文学雑誌『三田文学』に作品を発表する。

大正十二年（一九二三）二十四歳

八月、上海で医者を開業している兄惟邦の所へ行く。母いくが兄の病院に入院していたから。九月、関東大震災があり、帰国する。十月、母が兄のいる上海で死去。

大正十三年（一九二四）二十五歳

二月、父惟暁が伸二郎の長姉源子の嫁ぎ先である兵庫県武庫郡の佐藤宅で亡くなる。伸二郎はやっと慶応文学部の本科（仏文）一年に進級。十月、音楽の才能ある千木良(ちぎら)康子と結婚。康子は明治三十九年（一九〇六）二月の生まれ。二人は東京杉並の阿佐ヶ谷に住む。

大正十四年（一九二五）二十六歳

十一月、長男惟光(これみつ)が誕生。伸二郎はこの頃、詩と短篇小説を多く書く。

昭和二年（一九二七）二十八歳

九月、慶応義塾大学から除籍の通知が届く。欠席が多く、授業料未納のため。十一月、小説の単行本『**猫のゐる風景**』（春陽堂）を刊行。十二月、非左翼系の文学グループ「新人倶楽部」に参加。

昭和三年（一九二八）二十九歳

一月、エッセイ「一九二八年以後」を『三田文学』に発表。二月創刊の雑誌『文芸都市』に参加。作品を発表し、合評会に参加する。四月、随筆「春の陶器・藤田嗣治について」を『三田文学』に発表。十月、詩「浮浪児」「病室にて」を『三田文学』に発表。

昭和四年（一九二九）三十歳

二月、人物エッセイ「井伏鱒二君」を『文芸都市』に発表。十月、エッセイ「久保田万太郎氏とチェーホフ」を『三田文学』に発表。十二月、小説「意志を持つ風景」を『文学』に発表。

昭和五年（一九三〇）三十一歳

四月、短篇小説「亜片（アヘン）を喫（の）む記」を『三田文学』に発表。五月、久野豊彦ら編集の著書『モダンＴＯＫＩＯ円舞曲』（春陽堂）に短篇小説「公園の誘惑」を発表。八月、短篇小説「シャンハイの女たち」を『新科学的文芸』に発表。十二月、短篇小説「マダムとその友だち」を『葡萄園』に発表。

昭和六年（一九三一）三十二歳

東京杉並の阿佐ヶ谷周辺の文学者と交流する。青柳瑞穂、中谷孝雄、小田嶽夫（本名、武夫）らと親しく付き合う。三月、世界の作家紹介のエッセイ「アンドレ・ヂイド」を『新科学的文芸』に発表。六月から九月にかけて中国に滞在し、上海から船で武漢への旅を体験する。十月、短篇「殺気」を『セルパン』に発表。

昭和七年（一九三二）三十三歳

阿佐ヶ谷から馬橋に移る。近くに馬橋公園があり、その近くをよく散歩した。木山捷平や棟方志功とたびたび会った。五月、短篇「漢口」を『セルパン』に発表。五月、梶井基次郎の追悼文「心友いまいづこぞや」を『作品』に発表。十月、随筆「文章の独立性について」を『教育・国語教育　臨時増刊＝最近の文学・文章研究と国語教育』（厚生閣）に発表。

昭和八年（一九三三）三十四歳

七月、西條八十主宰の雑誌『蠟人形』に短篇「浮浪児」を発表。

昭和九年（一九三四）三十五歳

六月、評論「観照と感情移入」を単行本『日本現代文章講座第四巻　構成篇』（厚生閣）に発表。七月、

短篇「狸犬」を『行動』に発表。九月、短篇「目白師」を『行動』に発表。九月、十月、十二月、『コギト』に詩「東洋の満月」(一)〜(三)を発表。

昭和十年(一九三五)三十六歳

一月、二月、四月、七月、八月、『コギト』に詩「東洋の満月」を発表。

昭和十一年(一九三六)三十七歳

二月、随筆「藤田嗣治について」を『コギト』に発表。八月、追悼文「南部さんのこと」を『三田文学』に発表。

昭和十二年(一九三七)三十八歳

十月、詩「撃滅せよ」を『四季』に発表。十二月、随筆「上海今昔記」を『若草』に発表。

昭和十三年(一九三八)三十九歳

六月、詩「家守」「走る車」「潜水夫よ」を『若草』に発表。

昭和十四年(一九三九)四十歳

三月、詩集『**東洋の満月**』(生活社)を刊行。十月、小説集『**目白師**』(ぐろりあ・そさえて)を刊行。

昭和十五年(一九四〇)四十一歳

三月、詩「乾いた自然」を『知性』に発表。九月、随筆集『**風物記**』(ぐろりあ・そさえて)を刊行。十月、詩「光華門」を『日本評論』に発表。

昭和十六年(一九四一)四十二歳

二月、随筆「棟方君のこと」を『月刊民芸』に発表。この年、『四季』の同人となる。

昭和十七年(一九四二)四十三歳

三月、詩「シンガポール陥(お)つ」を『文芸世紀』に発表。四月、大東亜省が派遣する視察団の一員として満州に行く。

昭和十八年（一九四三）四十四歳

七月、詩集『**戦闘機**』（鮎書房）を刊行。

昭和十九年（一九四四）四十五歳

三月十日、詩集『**天日のこら**』（湯川弘文社）を刊行。三月二十日、詩集『**旗**』（金星堂）を刊行。

昭和二十年（一九四五）四十六歳

三月、大空襲のため東京の住居（世田谷区玉川奥沢町）を離れる。西多摩郡の青梅近辺の地を経て六月、埼玉県入間郡の吾野村に落ち着く。上海から引き揚げてきた兄（惟邦）の家族と同居するが、兄たちは間もなく信州に引っ越す。十月、詩「山上の踊り」を『芸苑』に発表。この詩は後、題名を「山上の舞踊」と改め詩集『**暦日の鬼**』に収録。

昭和二十一年（一九四六）四十七歳

七月、詩集『**暦日の鬼**』（麒麟閣）を刊行。但し、この本には詩の他に散文（随筆）を含む。八月、熊本県出身の歯科医師吉良憲夫の好意で、埼玉県飯能町の家に住む。それから蔵原は地域の文化活動に協力する。

昭和二十二年（一九四七）四十八歳

三月、詩集『**山上の舞踊**』（彩光社）を刊行。但し、この本は前年刊行の『暦日の鬼』と同じ内容。蔵原は生前、「私のあずかり知らぬ本」と述べていたが、出版物は存在する。八月、地域文化誌『飯能文化』に短篇小説「野兎と蘭の話」を発表。以後、『飯能文化』の顧問となり、詩「鴉」（『飯能文化』昭和22年11月）「断層」（『飯能文化』昭和22年12月）を発表。十一月、詩誌『爐』（奈良、爐書房）に詩「鴉」を発表。

昭和二十三年（一九四八）四十九歳

一月、『飯能文化』が誌名を『武蔵文化』に変える。二月、詩「大荒の中」「蟬」「柘榴の花」を『至上律』に発表。三月、詩誌『爐』に詩「断層」を発表。九月、評論「三つの時間」を『俳句世紀』に発表。

昭和二十四年（一九四九）五十歳

六月、詩論書『**現代詩の解説と味ひ方**』を瑞穂出版から刊行。十二月、詩「美しい婦人」を『詩学』に発表。

昭和二十五年（一九五〇）五十一歳

五月、飯能の若い文学青年が『雑草』を創刊。蔵原はそれを支援する。八月、詩論書『**詩人の歩いた道**』を梧桐書院から刊行。九月、詩「秋風の歌」を『キング』に発表。十一月、詩「荒野抄」を『文芸春秋』に発表。十二月、詩「ねがひ」を『婦人公論』に発表。

昭和二十六年（一九五一）五十二歳

三月、詩「峠みち」を『日本歌人』に発表。

昭和二十七年（一九五二）五十三歳

五月、詩「認識の秋」「雪」「日蝕」を『詩学』に発表。八月、詩「たびびと」を『文芸春秋』に発表。

昭和二十八年（一九五三）五十四歳

三月、短篇小説「野鍛冶馬助の話」を『文芸日本』に発表。八月、飯能河原町の借家に住む。ここが終生の住まいとなる。十月、詩「雑木林」「峠みち」「荒野抄（ある夏の断章）」を『文芸日本』に発表。十一月、詩「卵のかげ」を『小説公園』に発表。

昭和二十九年（一九五四）五十五歳

一月、飯能で詩誌『陽炎』が創刊される。五月、詩集『**乾いた道**』（薔薇科社）を刊行。九月、詩「風の中で唄う空っぽの子守歌」を『薔薇科』に発表。

昭和三十年（一九五五）五十六歳

十月、詩「暗号」「時間の河原で」「谷間」「狐」を『詩学』に発表。

昭和三十一年（一九五六）五十七歳

二月、詩論書『**東洋の詩魂――近代日本の詩人たち――**』を東京ライフ社から刊行。五月、評論「現代抒情詩の転身」を『短歌研究』に発表。九月、『詩学』が蔵原伸二郎作品を特集。「たびびと」から「狐」までの八作品を掲載。西垣脩の蔵原詩人論と嶋岡晨の蔵原作品論を掲載。

昭和三十二年（一九五七）五十八歳

四月、詩「野狐」「恋」「風にふかれて」を『詩学』に発表。十一月、随筆「朔太郎と私（1）」を『花粉』に発表。

昭和三十三年（一九五八）五十九歳

一月、随筆「朔太郎と私（2）」を『花粉』に発表。三月、随筆「朔太郎と私（3）」を『花粉』に発表。九月、詩「考える雀」を『詩学』に発表。十二月、詩「孫娘と二人で」を『花粉』に発表。

昭和三十四年（一九五九）六十歳

一月、詩「雀たち」を『詩学』に発表。七月、回想エッセイ「コギト・四季・歴程」を『国文学　解釈と鑑賞』に発表。

昭和三十五年（一九六〇）六十一歳

三月、随筆「詩集『亡羊記』（村野四郎）について」を『三田文学』に発表。五月、回想エッセイ「文科生時代」を『三田文学』に発表。

昭和三十六年（一九六一）六十二歳

九月、詩「昔へ行く道」を『無限』に発表。十一月、回想エッセイ「修養の人格《外村繁の思ひ出》」を『春の日』に発表。十二月、書評「『あざみの衣』について」を『無限』に発表。これは西脇順三郎のエッセイ集に関する書評。

昭和三十七年（一九六二）六十三歳

三月、詩「鮭の切身(きりみ)」を『宇宙風』に発表。十二月、回想エッセイ「朔太郎さんの手紙」を『無限』に発表。

昭和三十八年（一九六三）六十四歳

十月、書評「『ひらいた掌』読後感」を『無限』に発表。これは安藤一郎の詩集に関する書評。十一月二十一日、随筆「風影から高山への道」を『埼玉新聞』に発表。

昭和三十九年（一九六四）六十五歳

一月、詩「落日」「ある鴉の場合」「老狐」を『詩学』に発表。三月十九日、詩「早春の岸辺で」を『埼玉新聞』に発表。六月、詩集『**岩魚**』を詩誌『陽炎』発行所から刊行。八月、回想エッセイ「梶井基次郎の思い出」を『本』（麦書房）に発表。十一月頃から、体調不良となる。

昭和四十年（一九六五）六十六歳

一月十二日、東京の北里研究所附属病院に入院。二月五日、「読売文学賞受賞の言葉」を『読売新聞 夕刊』に発表。三月十六日、死去。病名は白血病。十二月、詩集『**定本　岩魚**』を詩誌『陽炎』発行所から刊行。

昭和四十一年（一九六六）

九月、埼玉県飯能市の観光協会によって天覧山の麓に蔵原伸二郎の詩碑が建立された。

昭和四十三年（一九六八）

五月、大和書房から『**蔵原伸二郎選集　全一巻**』を刊行。

昭和五十一年（一九七六）

八月、奥武蔵文芸会から『**蔵原伸二郎小説全集　全一巻**』を刊行。

昭和五十九年（一九八四）

四月、阿蘇郷土の会によって熊本県阿蘇郡阿蘇町西町に蔵原伸二郎の詩碑が建立された。

雑誌『葡萄園』初期細目と解説

凡例

一．『葡萄園』は文芸同人雑誌であり、一九二三年（大正十二）九月から一九三一年（昭和六）三月まで続いた雑誌である。

二．『葡萄園』は全部で四期あり、全五十三冊である。

三．この細目は初期の『葡萄園』を対象とし、創刊号から一九二六年（大正十五）十一月までの通巻第二十六号（全二十六冊）を扱った。

四．蔵原伸二郎を対象とした研究に役立つようにと初期『葡萄園』のみとした。

五．細目の後に解説を付けた。

●創刊号（第一年第一号　通巻第一号　大正十二年九月一日）

〈小説〉

・ある尼僧　加藤元彦

・靴　久野豊彦

・鸚鵡（あうむ）　守屋謙二

〈翻訳〉

・トロンド　作・ビヨルンソン、訳・熊沢孝平

〈後記〉

＊雑誌全部は四〇ページ。

●十一月号（第一年第二号　通巻第二号　大正十二年十一月一日）

〈小説〉

・谷間の男　守屋謙二

・霊魂の轢死　久野豊彦

・山登り　加藤元彦

〈翻訳〉

・赤心　作・ビヨルンソン、訳・熊沢孝平

〈後記〉

＊全三二ページ。

●一月号（第二年第一号　通巻第三号　大正十三年一月一日）

〈小説〉

・玩具　久野豊彦

・乞食　守屋謙二

・一廃兵に関った事柄　加藤元彦

〈翻訳〉

・絵のない絵本　作・アンデルセン、訳・熊沢孝平

〈後記〉

＊全三二ページ。

●二月号（第二年第二号　通巻第四号　大正十三年二月一日）

〈小説〉

・木米の悪夢　守屋謙二

・靄　加藤元彦

・耳鼻咽喉科医院　久野豊彦

〈翻訳〉

・絵のない絵本（続）　作・アンデルセン、訳・熊沢孝平

＊全三二ページ。〈後記〉ナシ

●四月号（第二年第三号　通巻第五号　大正十三年四月一日）

〈小説〉

・橋　加藤元彦

〈詩〉

・野の歩み　守屋謙二

・満月　久野豊彦

〈翻訳〉

・音とみづたま　作・ハルトレーベン、訳・熊沢孝平

〈後記〉

＊全三二ページ。

●五月号（第二年第四号　通巻第六号　大正十三年五月一日）

〈小説〉

・記憶を追ふ　加藤元彦

・老婆　久野豊彦
・静かなる訪問　守屋謙二
〈翻訳〉
・絵のない絵本（続）　作・アンデルセン、訳・熊沢孝平
＊全四一ページ。〈後記〉ナシ
● 六月号（第二年第五号　通巻第七号　大正十三年六月一日）
〈小説〉
・楽観の経　久野豊彦
・淫雨　熊沢孝平
・玄関　加藤元彦
〈翻訳〉
・アンドレア・タフィの昇天　作・アナトール＝フランス、訳・守屋謙二
〈後記〉
＊全三一ページ。
● 七月号（第二年第六号　通巻第八号　大正十三年七月一日）
〈小説〉
・ある会話　加藤元彦
・小犬　熊沢孝平
・腹水　久野豊彦
・幽霊　守屋謙二

〈後記〉
＊全三九ページ。
● 八月号（第二年第七号　通巻第九号　大正十三年八月一日）
〈小説〉
・花火の顔　久野豊彦
・鯉幟（のぼ）り　熊沢孝平
・がちゃ鉄　加藤元彦
〈詩〉
・信仰　守屋謙二
＊全一八ページ。〈後記〉ナシ
● 一周年記念号（第二年第八号　通巻第十号　大正十三年十月一日）
〈小説〉
・徒然草一巻　久野豊彦
・ゑはがき二篇　和木清三郎
・抽籤　熊沢孝平
〈詩〉
・ある少年の幻想曲　左右田道雄
〈紀行〉
・湖心　守屋謙二
〈戯曲〉

・天狗　加藤元彦
〈後記〉
＊全七八ページ。
●十二月号（第二年第九号　通巻第十一号　大正十三年十二月一日）
〈小説〉
・聖書　加藤元彦
・論語　熊沢孝平
・郵税　久野豊彦
〈翻訳〉
・母　作・ライネル＝マリヤ＝リルケ、訳・守屋謙二
〈後記〉
＊全二九ページ。
●一月号（第三年第一号　通巻第十二号　大正十四年一月一日）
〈小説〉
・愛の刑法　久野豊彦
・横浜から来た時計師　熊沢孝平
・運命　左右田道雄
・ときちゃん　和木清三郎
・薄暮街道　加藤元彦
〈詩〉

・ゐもり（＊「ゐもり」「死猫」「病犬」の全三作品）　蔵原伸二郎

〈後記〉

＊全六三ページ。

● 二月号（第三年第二号　通巻第十三号　大正十四年二月二十日）

〈小説〉

・鶏と卵　熊沢孝平

〈詩〉

・朱の海　久野豊彦

・蛙（＊「蛙」「牝狼」「死馬」の全三作品）　蔵原伸二郎

〈翻訳〉

・CANZONE D'AMORE（Victor record: The Cup of Sorrow' Tango）　訳・左右田道雄

〈後記〉

＊全一九ページ。

● 三月号（第三年第三号　通巻第十四号　大正十四年三月一日）

〈小説〉

・満月の島　久野豊彦

・武器　守屋謙二

・小供（ママ）の不満　加藤元彦

〈詩〉

・山猫　蔵原伸二郎

〈後記〉

＊全三一ページ。

● 六月号（第三年第四号　通巻第十五号　大正十四年六月一日）

〈小説〉

・ひとりけんくわ　熊沢孝平

・春爛漫の盲啞（まうあ）学校庭　久野豊彦

・気まぐれの時間　守屋謙二

・植物性の夜　加藤元彦

〈詩〉

・病める眠（ねむり）　左右田道雄

・東洋の満月（＊「蒼鷺」から「信仰」まで全八作品）　蔵原伸二郎

〈後記〉

＊全六三ページ。

● 七月号（第三年第五号　通巻第十六号　大正十四年七月一日）

〈小説〉

・頤鬚（あごひげ）無限大の水泳選手　久野豊彦

・煙草御遠慮　加藤元彦

〈詩〉

・黄鳥（＊「黄鳥」から「女と蒼鷺」まで全九作品）　蔵原伸二郎

〈後記〉
＊全三五ページ。
● 八月号（第三年第六号　通巻第十七号　大正十四年八月一日）
〈小説〉
・緋鯉　加藤元彦
・東西南北　熊沢孝平
・蛋白質の微笑　左右田道雄
・昼夜二枚の音楽的リリィーフ　久野豊彦
〈詩〉
・島（＊「島」と「いもり」の全二作品）　蔵原伸二郎
〈後記〉
＊全三一ページ。
● 十一月号（第三年第七号　通巻第十八号　大正十四年十一月一日）
〈小説〉
・桃色の硝子函　左右田道雄
・天国満員御礼　久野豊彦
・逃走（＊「逃走」と「赤ん坊と山猫」の全二作品）　蔵原伸二郎
〈後記〉
＊全四〇ページ。
● 十二月号（第三年第八号　通巻第十九号　大正十四年十二月一日）

〈小説〉
・われら及神の耳　久野豊彦
・行軍将棋　熊沢孝平
・田舎根性　加藤元彦
〈詩〉
・陸橋　蔵原伸二郎
〈後記〉
＊全二六ページ。
●一月号（第四年第一号　通巻第二十号　大正十五年一月一日）
〈小説〉
・横浜の散歩　守屋謙二
・黒子(ほくろ)挿話　熊沢孝平
・蛇、鼠、私　加藤元彦
＊全四三ページ。〈後記〉ナシ
●二月号（第四年第二号　通巻第二十一号　大正十五年二月一日）
〈小説〉
・明日の労働街　久野豊彦
・狐　蔵原伸二郎
〈翻訳〉
・心臓は叫ぶ　作・エドガア＝アラン＝ポウ、訳・湯浅輝夫

〈随筆〉

・お正月　加藤元彦

〈詩〉

・影　熊沢孝平

〈後記〉

＊全四六ページ。

●四月号（第四年第三号　通巻第二十二号　大正十五年四月一日）

〈小説〉

・自殺者　蔵原伸二郎

・猫　加藤元彦

・日英同盟破棄　久野豊彦

〈翻訳〉

・ネロの死　作・ハアバアト＝S＝ゴウマン、訳・湯浅輝夫

〈感想〉

・痛快な聖ジョウン　湯浅輝夫

〈後記〉

＊全五四ページ。

●五月号（第四年第四号　通巻第二十三号　大正十五年五月一日）

〈小説〉

・都会へ帰る　左右田道雄

・彌吉と祭り　熊沢孝平
・浮浪者　蔵原伸二郎
・腹いせ　加藤元彦
〈翻訳〉
・沈黙　作・エドガア＝アラン＝ポウ、訳・湯浅輝夫
〈後記〉
＊全三二ページ。

● 六月号（第四年第五号　通巻第二十四号　大正十五年六月一日）
〈戯曲〉
・復讐　湯浅輝夫
〈小説〉
・鏡の底　蔵原伸二郎
〈詩〉
・ビードロの雨　左右田道雄
〈随筆〉
・離騒雑考　奥野信太郎
〈後記〉
＊全三八ページ。

● 七月号（第四年第六号　通巻第二十五号　大正十五年七月一日）
〈小説〉

・猿　蔵原伸二郎
・横浜の幻　高橋邦太郎
・掏摸（すり）　加藤元彦
〈戯曲〉
・解剖室　湯浅輝夫
〈後記〉
＊全三七ページ。

●十一月特別号（第四年第七号　通巻第二十六号　大正十五年十一月一日）
〈小説〉
・蒼鷺　蔵原伸二郎
・エルドマン氏の途方もない栄達　久野豊彦
・黄浦江（ワンプウキャン）　石黒虹千尺
〈随筆〉
・庭園　土田杏村
〈戯曲〉
・赤き廃滅　湯浅輝夫
〈後記〉
＊全六四ページ。

【解説】『葡萄園』の創刊は大正十二年（一九二三）九月一日、関東大震災の起った日である。創刊号の後記に「かなり長い間廻覧雑誌を中心として進んで来た吾吾の集りが、遂にかうした雑誌の形として現はれることになった。」とあり、同人の加藤元彦、熊沢孝平、久野豊彦、守屋謙二らは既に廻覧雑誌を大正十一年（一九二二）頃からやっていた。その廻覧雑誌の名称が『葡萄園』であり、活版印刷となった雑誌の名はそれを受け継いだものである。同人の加藤元彦は慶応義塾大学の文学部独文科、久野豊彦は同大学経済学部、守屋謙二は同大学文学部哲学科、熊沢孝平は東京帝国大学法学部にそれぞれ在籍していた。

『葡萄園』の創刊は前述のとおりであり、終刊は昭和六年（一九三一）三月である。ところで、この細目は初期のものに限定し第四年第七号（通巻第二十六号、大正十五年十一月）までとした。それは蔵原伸二郎が関係した時期を明らかにするためである。

『葡萄園』の文学史的評価は、昭和初期のモダニズム文学形成の地盤的役割を果たしたことである。特に久野豊彦、蔵原伸二郎及びその他の文学青年が活躍した業績がこの雑誌によって、つぶさに見られる。

久野豊彦は『第二のレーニン』（春陽堂　昭和二年十二月）『聯想（れんさう）の暴風』（新潮社　昭和五年四月）『ボール紙の皇帝万歳』（改造社　昭和五年七月）『人生特急』（千倉書房　昭和七年十一月）等を矢継ぎ早に刊行し、新興芸術派や新社会派の旗手として注目された。久野は経済学が専門であり、C・H・ダグラス（イギリス人の経済学者）の理論を文学に応用し小説家として特異な作風を展開した。久野についての詳細は嶋田厚の論考「久野豊彦ノート」（岩波書店『文学』一九七一年八月号）が参考になる。

久野に続いて文壇に出たのは蔵原伸二郎である。蔵原の名が『葡萄園』に現れるのは大正十四年一月号（通巻十二号）からである。蔵原は『葡萄園』に登場してから殆んど毎号、作品を発表している。散文詩、短篇小説、シナリオ等と、実に多彩に活動している。この時期の蔵原は詩よりも散文を多く発表している。彼の第一出版である小説集『猫のゐる風景』（春陽堂　昭和二年十一月）に収録される作品は四作ある。『葡萄園』大正十四年十一月号に掲載された「逃走」、大正十五年四月号に掲載された「自殺者」、大正十五年六月号に掲載された「鏡の底」、大正十五年十一月号に掲載された「蒼鷺」この四作である。これらは全て『葡萄園』から転載されたものである。

また、この細目に載っていないが、大正十五年十一月以後の『葡萄園』に発表した蔵原の小説「魯春人と旅人」（昭和二年一月号）も『猫のゐる風景』に収録された。

いっぽう、『葡萄園』に発表した蔵原伸二郎の詩であるが、これらの大半は蔵原の第一詩集『東洋の満月』（生活社　昭和十四年三月）に収録される。具体的に述べると次のとおり。

大正十四年一月号の「ゐもり」、大正十四年二月号の「蛙」、大正十四年六月号の「蒼鷺」「満月」「民族を呼ぶ」「吠ゆる人」「植物の目」「砂漠」「絶望のけもの」「信仰」（＊「砂漠」は詩集では「沙漠」と変更）、大正十四年七月号の「黄鳥」「枇杷の実」（＊「枇杷の実」は詩集では「生活」と変更）「海猫」、大正十四年十一月号の「赤ん坊と山猫」、これらの詩作品を蔵原は全て『東洋の満月』に収めた。

以上、見てきたとおり雑誌『葡萄園』は久野豊彦と蔵原伸二郎を中核として昭和初期のモダニズム文学の動向を知るうえで重要な文学雑誌である。また、この雑誌には三田系の文学者（和木清三郎、奥野信太郎）も寄稿していて三田系の文学的雰囲気を知るうえで有意義である。

主要参考文献

一、単行本

・岩本晃代『蔵原伸二郎研究』双文社出版　一九九八年十月
・町田多加次『蔵原伸二郎と飯能』さきたま出版会　二〇〇〇年八月

二、単行本に一部所収のもの

・伊藤信吉「解説」『現代日本詩人全集』創元社　一九五五年十月
・小田嶽夫『文学者青春群像』南北社　一九六四年十月
・松永伍一「蔵原伸二郎　故郷の山・阿蘇」『望郷の詩』大和書房　一九六四年十月
・武田元治「蔵原伸二郎」『現代日本文学大事典』明治書院　一九六五年十一月
・安藤靖彦「蔵原伸二郎」『現代詩評釈』学燈社　一九六八年三月
・日沼滉治「蔵原伸二郎」『現代詩の鑑賞　3』明治書院　一九六八年五月
・大岡信「詩人の肖像――蔵原伸二郎」『日本の詩歌　24』中央公論社　一九六八年十月
・阪本越郎「蔵原伸二郎鑑賞」『日本の詩歌　24』中央公論社　一九六八年十月＊この本には町田多加次作成の「蔵原伸二郎年譜」あり。
・藤原定「蔵原伸二郎鑑賞」『現代詩鑑賞講座　第10巻』角川書店　一九六九年一月
・安藤靖彦「蔵原伸二郎」『近代詩鑑賞辞典』東京堂　一九六九年九月
・黒田三郎「蔵原伸二郎『岩魚』」『現代詩入門』思潮社　一九六九年十二月

・山本捨三「蔵原伸二郎」『現代詩人論』桜楓社　一九七一年四月
・鶴岡善久「〈東洋〉の破産」『太平洋戦争下の詩と思想』昭森社　一九七一年四月
・高崎隆治「『天日のこら』『旗』」『戦争文学文献改題　五』戦争文学研究会　一九七二年六月
・境忠一「阿蘇の詩人　蔵原伸二郎」『近代詩と反近代』葦書房　一九七五年三月
・阿部猛「勤王の志――蔵原伸二郎」『近代詩の敗北――詩人の戦争責任』大原新生社　一九八〇年二月
・中村稔「蔵原伸二郎詩碑」『故園逍遥』福武書店　一九九〇年十二月
・宮内俊介「蔵原伸二郎――『猫のゐる風景』ノート」『熊本の文学　第三』審美社　一九九六年三月

三、雑誌

・船橋聖一「〈相互印象記〉蔵原伸二郎君」『文芸都市』一九二八年七月
・井伏鱒二「〈同人印象〉或ひは失言」『文芸都市』一九二九年一月
・小田武夫「〈同人印象〉跳躍せる狼」『文芸都市』一九二九年一月
・古沢安二郎「〈同人印象〉伸二郎氏よ」『文芸都市』一九二九年一月
・保田与重郎「二人の詩人」『コギト』一九三四年十二月
・浅野晃「五つの詩集」『文芸日本』一九五四年九月
・西垣脩「詩人論　蔵原伸二郎」『詩学』一九五六年九月
・嶋岡晨「作品論　蔵原伸二郎の作品の世界」『詩学』一九五六年九月
・角田吉博「詩人ノオト　蔵原伸二郎」『詩・埼玉』一九六四年六月
・壺井繁治「蔵原伸二郎の作品について」『詩学』一九六五年三月

・平岡敏子「蔵原伸二郎氏を悼む」『宇宙風』一九六五年四月
・浅野晃「伸二郎さんを悼む」『詩季』一九六五年六月
・松永伍一「満月にほゆる青き狼」『地球』一九六五年六月
・緒方昇「愁いの淵の『岩魚』」『地球』一九六五年六月
・江藤淳「蔵原伸二郎氏の詩業」『小説新潮』一九六五年六月
・石坂洋次郎「ある詩集」『別冊文芸春秋』一九六六年三月
・畑有三「蔵原伸二郎「遠い友よ」」『国文学　解釈と教材の研究』一九六七年四月
・安藤靖彦「朔太郎の周辺――蔵原伸二郎と伊東静雄（上）」『言語と文芸』一九六八年一月
・安藤靖彦「朔太郎の周辺――蔵原伸二郎と伊東静雄（下）」『言語と文芸』一九六八年三月
・金子兜太「蔵原伸二郎の詩」『山河』（現代詩工房）一九六八年十二月
・小田嶽夫「蔵原伸二郎と飯能」『文芸埼玉』一九七一年十一月
・町田多加次「蔵原さんのこと」『浪曼』一九七四年五月
・新井正一郎「独白的散歩――蔵原さんのこと」『朱楼』（浦和・朱楼芸文会）一九七四年七月
・河盛好蔵「好きな詩」『俳句とエッセイ』一九七六年三月
・土屋稔「詩人蔵原伸二郎の戦後を歩いた道――作品とその背景について」『現代詩への架橋』（久喜・詩研究の会）一九七七年十月
・安藤靖彦「蔵原伸二郎」『国文学臨時増刊号　解釈と教材の研究』一九八二年四月
・岩本晃代「蔵原伸二郎作品年譜」『近代文学研究』第八号（日本文学協会近代部会）一九九一年五月
・蜂飼耳「狐につつまれて」『図書』（岩波書店）二〇〇三年五月

四、新聞その他（附録パンフレット類など）

・蔵原伸二郎「〈現代の百人〉蔵原伸二郎」『埼玉新聞』一九六四年四月二十四日＊記者によるインタビュー記事
・井上知真「二枚の色紙」ほか『岩魚』附録　一九六四年六月
・深尾須磨子「〈一冊の本〉蔵原伸二郎『岩魚』」『朝日新聞』一九六四年八月三十日
・槇晧志「『東洋の満月』消ゆ――追悼蔵原伸二郎氏」『埼玉新聞』一九六五年三月十八日
・安東次男「日本的回帰を貫いた蔵原」『読売新聞』一九六五年四月五日
・青柳瑞穂「蔵原伸二郎との交遊」ほか『定本　岩魚』附録　一九六五年十二月
・奥野信太郎「蔵原伸二郎の思い出」ほか『蔵原伸二郎選集』附録　一九六八年五月
・首藤基澄「蔵原伸二郎①」『熊本日日新聞』一九八三年四月十九日
・田中厚子「蔵原伸二郎②」『熊本日日新聞』一九八三年四月二十一日
・田中厚子「蔵原伸二郎③」『熊本日日新聞』一九八三年四月二十六日
・中田幸作「蔵原伸二郎④」『熊本日日新聞』一九八三年四月二十八日
・赤井恵子「蔵原伸二郎⑤」『熊本日日新聞』一九八三年五月十一日
・青柳いづみこ「〈蔵書の中から〉東洋の満月」『日本近代文学館　館報』一九三号、二〇〇三年五月

写真解説

①　雑誌**『窓』**創刊号（大正九年六月）。慶応劇研究会の発行。勝本清一郎や日野巌らが中心になって編輯刊行。創刊号には小山内薫、南部修太郎、久米秀治らが寄稿。蔵原は詩「月かげを追ふ」を発表。

②　雑誌**『三田文学』**第十五巻第十二号（大正十三年十二月）。蔵原は詩七作品を発表。総題名は「狼」であるが、「狼」と題する作品はない。「黒犬よ」「野牛」「灰色の狼」「猫」「九官鳥の幽霊」「病気の青鷺」「裸の小児」の七作品である。

③　久野豊彦ほか**『モダンＴＯＫＩＯ円舞曲』**。春陽堂（東京市日本橋区通三丁目八番地）から昭和五年（一九三〇）五月八日、初版発行。定価は一円五十銭。著者代表は久野豊彦。本の表紙には英語でMODERN TOKIO RONDOと記されている。全四三二ページ。内容は川端康成「浅草紅団」、久野豊彦「あの花！　この花！」、阿部知二「スポーツの都市東京」など全十二作品を収録。写真が多く載っていて当時の外国の都会の様子がよく伝わる。蔵原伸二郎の短篇小説「公園の誘惑」を所収。

④　雑誌**『渋谷文学』**は国学院大学内の渋谷文学会が発行。第十五巻第二号（昭和十四年六月）に蔵原は詩二篇を発表。その二篇は「詩」と「屈原の日」この二篇は彼の刊行した詩集には収録されていない。珍しい蔵原の詩である。

⑤　雑誌**『日本談義』**は昭和戦後にも出ているが、ここに示したのは昭和戦前のものである。石川達三らと親しい荒木精之が郷里の熊本に帰って刊行した地方文化雑誌である。創刊は昭和十三年（一九三八）九月であり、ここに示したのは昭和十五年（一九四〇）十一月号である。蔵原は「旅人――副島次郎中央アジア横断」と題する詩を発表。

⑥　蔵原伸二郎の詩集**『戦闘機』**。鮎書房（東京市神田区神保町三の六）から昭和十八年（一九四三）七

月三十日出版。定価は二円二十銭。但し、特別行為税相当額として十一銭を付加。全二四二ページ。本の中身は詩が殆どであるが、後書きを兼ねて「祭りの文学」と題する随筆が末尾（二三一～二三四ページ）にある。この本に収めた詩は全て「大東亜戦以後のもの」と著者が述べている。目次は本の末尾、「祭りの文学」の後に付いている。本の表紙絵は戦闘機で七機が空を飛んでいる。

⑦

蔵原伸二郎の詩解説書『**現代詩の解説と味ひ方**』。瑞穂出版（東京都北区上中里三番地）から昭和二十四年（一九四九）六月十五日刊行。全三三二ページ。「序」に蔵原が自作の詩を載せている。

「詩が、人類を支配するとき／　平和の瞳はもっともやさしくかがやく／　かかるとき／　東洋はまさしく東洋であり／　西洋はまさしく西洋であり／　しかも世界はただ一である／　かかるとき／　詩は内部世界の太陽となり／　限りなくふるえるコスモスの花となり／　地球の隅々に朝のあいさつと／　好意をまきちらす／（以下、略）」

この詩「序」は蔵原が一九四八年（昭和二十三）十月二十五日に作った詩である。

この本の中味は明治（十二人）、大正（十五人）、昭和（十九人）という三代にわたる詩人（島崎藤村から自身の蔵原伸二郎まで計四十六人）の主要な詩を取り上げて懇切に解説している。なお、最後には詩の表現とはいかなるものかという点でポイントを絞った論を展開している。

⑧

蔵原伸二郎の詩解説書『**詩人の歩いた道**』。梧桐書院（東京都文京区湯島六の二十九）から昭和二十五年（一九五〇）八月二十五日刊行。全二七四ページ。詩人の外面的な（世間的な）生活ではなく、詩人の「内部生活」の歩みを二十一人に絞って書いた。二十一人は島崎藤村から宮沢賢治までであり、前著『**現代詩の解説と味ひ方**』（昭和二十四年）より取り上げる詩人の数は少なく、解説は見出しのように簡潔に記している。例えば高村光太郎は「造型美学の哲人」、千家元麿は「天真流露の詩人」、西條八十は「最も大衆的な詩人」等である。この名付けが興味深い。

⑨ 雑誌『**雑草**』創刊号。昭和二十五年（一九五〇）五月の刊行。蔵原伸二郎の文章「『雑草』発行に寄す」（一〜二ページ）、土屋稔の詩「きのこを求めて」「花火」、赤田健一の短歌「小さき日」「ある挽歌」、森和夫の小説「夜」、田中愛祐の小説「ブルーベリイ・ヒル」等が力作。

⑩ 蔵原伸二郎の詩集『**岩魚**』。昭和三十九年（一九六四）六月十日、『陽炎』発行所から刊行。表紙カバーは赤紅色で、中の表紙は薄い緑色。別刷りの付録が付いている。この付録は文学全集などに付いている月報と同じ冊子であり、全二十ページ。この付録に蔵原作詞の校歌一覧が載っている。それによると、飯能第一小学校、高麗小学校、名栗中学校、所沢市立西富小学校、小手指中学校など十一校の校歌を蔵原が作詞したのだと判明する。

⑪ 雑誌『**陽炎**』第四十八号（昭和三十九年十月）。蔵原伸二郎の詩集『岩魚』の特集号。河盛好蔵、北川冬彦、深尾須磨子らの文章が載っている。

⑫ 雑誌『**詩季**』第三号（昭和四十年六月）。発行は白川書院（京都市左京区）、発行人は詩人の臼井喜之介。この第三号は蔵原伸二郎追悼号で、浅野晃「伸二郎さんを悼む」、青柳瑞穂「蔵原伸二郎との交遊」、中川与一「詩人蔵原伸二郎」、保田与重郎「蔵原さんの思い出」、神保光太郎「送辞」が主要で、他に二反長半「石の美しさ」、武田武彦「老骨の詩人」、新井正一郎「蔵原さんのこと」、町田多加次「蔵原伸二郎先生について」が載っている。主要な文章は転載が多く、むしろ後者の四氏の文章が興味深い。

⑬ **孫の万里子と共に**。昭和三十年（一九五五）一月、蔵原の息子惟光が父と娘を撮影した写真。蔵原には詩「風の中で唄う空っぽの子守歌」（『薔薇科』昭和二十九年九月）がある。

⑭ 昭和三十八年（一九六三）五月、埼玉県の山村で**詩人たちと共に**。蔵原は左に立っている。真ん中で石に坐っているのは詩人の槇皓志である。

著者の論考初出一覧（蔵原伸二郎に関するもの）

・蔵原伸二郎の詩想「寂寥」『埼玉新聞』昭和48年6月7日
・詩人の散歩――須田禎一・蔵原伸二郎・岡本潤――『きら』（浦和、きらの会）89号、昭和48年12月
・蔵原伸二郎と「東洋」『国語展望』（尚学図書）37号、昭和49年6月
・シュペルヴィエールと戦中・戦後の蔵原伸二郎『きら』93号、昭和49年7月
・蔵原伸二郎論の前提――寂寥・主知的リアリズム・狐――『きら』96号、昭和49年10月
・日本近代文学と中国――ひとつの盲点――『埼玉新聞』昭和50年2月13日
・蔵原伸二郎著作目録及び参考文献目録『解釈』（教育出版センター）昭和50年4月
・伸二郎小説の再評価『埼玉新聞』昭和51年2月2日
・宗教的詩人の願い――高橋新吉・宮沢賢治・蔵原伸二郎――文章研究あすなろ会編『現代詩への架橋』第一輯　昭和51年7月
・地方出版物二点『日本文学』昭和52年8月　＊羽生市郷土研究会編『「田舎教師」と羽生』、奥武蔵文芸会刊『蔵原伸二郎小説全集　全一巻』の二点を紹介。
・「人間の郷愁」に憑かれた人――蔵原伸二郎の二短篇――『埼玉新聞』昭和52年9月23日
・蔵原伸二郎と第一期『三田文学』――（附）伸二郎著作目録稿――『解釈』昭和53年7月
・蔵原伸二郎「砂漠」の素材と意図『解釈』昭和55年10月
・［連載］埼玉の詩人第15回　蔵原伸二郎――詩稿を練りに練る詩人／思弁の深みから出てくる作品『埼玉新聞』昭和56年7月7日
・［連載］子どもと詩人第2回　蔵原伸二郎　詩誌『風』（埼玉県八潮市）92号　昭和59年7月

・文明・自然・人間――埼玉の現代詩人との対話――『文芸埼玉』（埼玉県教育委員会）34号　昭和61年1月

・凡庸な詩人の勝利と敗北『白鷗大学論集』28巻1号　平成25年9月

竹長 吉正（たけなが よしまさ）

1946年（昭和21）10月、福井県生まれ。高等学校及び大学の教員を勤めた。詩人との交流が多く、特に神保光太郎、吉野弘、宮澤章二、槇晧志、山本和夫、吉田瑞穂、岡本潤、寺島珠雄、飯島正治と親しく交流した。著書に『石垣りん・吉野弘・茨木のり子 —— 詩人の世界』『評伝　霜田史光』『日本近代戦争文学史』等がある。

てらいんくの評論

蔵原伸二郎評伝 —— 新興芸術派から詩人への道

発 行 日　2021年9月10日　初版第一刷発行
著　　者　竹長吉正
発 行 者　佐相美佐枝
発 行 所　株式会社てらいんく
〒215-0007　神奈川県川崎市麻生区向原3-14-7
TEL　044-953-1828　　FAX　044-959-1803
振替　00250-0-85472
印 刷 所　モリモト印刷株式会社

ISBN978-4-86261-168-0　C0095